U0519011

YING ZAI RENSHENG ZHONGDIAN

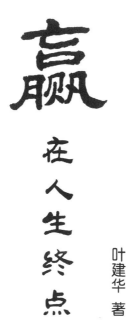

赢

在人生终点

叶建华 著

知识产权出版社
全国百佳图书出版单位

图书在版编目（CIP）数据

赢在人生终点 / 叶建华著.—北京：知识产权出版社，2014.8
ISBN 978-7-5130-2870-7

Ⅰ.①赢…　Ⅱ.①叶…　Ⅲ.①散文集－中国－当代　Ⅳ.①I267

中国版本图书馆CIP数据核字（2014）第171657号

内容提要

本书以中国传统文化为主题，将中国传统文化中的处世之道由象牙宝塔引向十字街头，以作者人生感悟为经纬，以古今中外案例为论据，从心态阳光、乐于助人、赞美他人等方面娓娓道来，令读者掌握处世之道，精通人情世故，实现绝地反击、人生逆袭，赢在人生终点。

责任编辑：周　游　　责任出版：刘译文

赢在人生终点
YING ZAI RENSHENG ZHONGDIAN

叶建华　著

出版发行：	知识产权出版社 有限责任公司	网　址：	http：//www.ipph.cn	
			http：//www.laichushu.com	
电　话：	010－82004826			
社　址：	北京市海淀区马甸南村1号	邮　编：	100088	
责编电话：	010－82000860转8532	责编邮箱：	zhouyou-1023@163.com	
发行电话：	010－82000860转8101 / 8029	发行传真：	010－82000893 / 82003279	
印　刷：	北京中献拓方科技发展有限公司	经　销：	各大网上书店、新华书店及相关专业书店	
开　本：	880mm×1230mm　1/32			
版　次：	2014年9月第1版	印　张：	7.5	
字　数：	160千字	印　次：	2014年9月第1次印刷	
		定　价：	28.00元	

ISBN 978-7-5130-2870-7

自　序

　　许多父母担心自己的孩子输在人生起跑线，因此，许多孩子除了要完成沉重的学校作业外，双休日还要赶赴多地参加奥数、外语、音乐、舞蹈、钢琴等多种培训班，结果让天真的孩子失去了童真与快乐，却不一定能赢在人生起跑线。

　　一个人即使赢在了起跑线也不一定能稳操胜券，赢在终点。宋朝的方仲永被称为神童，赢在了起跑线，后来却成为了普通人。苏洵27岁开始发奋读书，后来却成为了唐宋八大家之一，其文章流芳后世。其实，人生不是百米冲刺，而是一场马拉松比赛。没有一个马拉松参赛选手会以百米冲刺的速度起跑，而是根据自己的体能分配调节各段路程的速度。人生何尝不是如此，重要的不是要赢在起跑线，而且要赢在人生终点。

　　一个人要想赢在人生终点，不仅要志存高远、勤奋敬业、刻苦学习、勇于创新，而且要有良好的环境和人际关系。因为学会处世、善于借力，对赢在人生终点意义重大。

我们每个人生在天地间，处于社会中，行走在职场里，都需要解决如何处世的问题。

"处"字有交往、处置、居住、存在、处罚等含义，所谓处世，是指一个人在社会上活动，跟人往来相处。既然是交往相处，就是双方的事情。如果双方关系融洽和谐，就有利于获取资源、和睦家庭、成就事业、愉悦心情。

我们不难看到这样一种现象，两个大学同学当年在学校所学专业相同，成绩相当，可是当他们走向社会若干年后，两个人却产生了很大的差距：一个顺风顺水、事业有成；而另一个处境艰难、事业平庸。究其原因，问题不是出在专业能力上，而是出在处世之道上。

如今的社会是全球经济一体化的商业社会，市场竞争十分激烈，处世之道就显得更为重要，谁掌握得好，谁就能占得先机，获得更多发展机会。处世是一门生存和发展的艺术；处世是成功地与他人交往；处世是成功地展示自我；处世是提高和发展自我；处世是通过适应环境到改变环境；处世是走向人生成功的桥梁。

一位专家的研究结论表明："专业知识在一个人成功中的作用只占15%，而其余的85%则取决于处世能力。"一位成功企业家，在一次培训班上介绍自己成功的秘诀时指出："事业成功与否，关键在于如何处世做人。"

如何处世是每个人尤其是职场中人关注的话题，可谓是见仁见智。尽管关于如何处世的学术论著源远流长、汗牛充栋，但是大道至简，处世之道在于懂得人性，满足需求。人是社会关系的总和，人的需求是由低到高不断发展的，当低层次的需求得到满足之后，又会有新的、更高的需求。一般来说，人都会有被帮助、被关心、被理解、被肯定、被赞美、被尊重、被崇拜的需求。了解了人的需求，不啻于找到了处世大门的"钥匙"。

我们到哪里去寻找这把处世之道的"钥匙"呢？我认为不但要在实践中学习和总结处世之道，而且应该向我们的祖先求教，到中国文化中去寻找，那里有我们现代人需要的大智慧。

中国文化不仅辉煌了历史，而且将会照亮未来。学习中国文化已成为当今世界的时髦，特别是北京奥运会的成功举办，使中国文化向全世界得到了成功的展示。

1988年，75位诺贝尔奖获得者在巴黎发表宣言："如果人类要在21世纪生存下去，必须回头到2500年前去汲取孔子的智慧。"英国著名历史学家汤因比说："世界统一是避免人类集体自杀之路。在这一点上，现在各民族中具有最充分准备的，是2000年来培育了独特思维方法的中华民族。"

每一个中国人都应该为我们光辉灿烂的民族文化而自豪，任何妄自菲薄，崇洋媚外都是不可取的。作为中国人，应该更多地学习、了解中国传统文化。

以孔子为代表的先祖圣贤阐述了许多做人的道理，总结了许多处世的智慧，许多贤文睿智透视人性，穿越时空，值得我们学习品味、借鉴践行。

在全球经济一体化的今天，随着技术的发展，市场的开放，时间的加速，空间的缩短，我们许多人不仅要与国人交往，而且要与外国人交往。

文化是人类的共同财富。西方文化也重视处世之道。例如，美国汽车大王亨利·福特曾说过："如果成功有秘诀的话，那就是站在对方的立场来考虑问题，能够站在对方的立场，了解对方心情的人，不必担心自己的前途。"美国钢铁大王卡耐基经过长期研究得出结论说："无论你从事什么职业，学会处理人际关系，掌握并拥有丰厚的人脉资源，你就在成功路上走了85%的路程，在个人幸福的路上走了99%的路程了。"美国石油大王洛克菲勒说："我愿意付出比天底下得到其他本领更大的代价来获取与人相处的本领。"可见，无论东方还是西方，人同此心，心同此理。

本书以中国传统文化为主题，以人生感悟为经纬，以古今中外案例为论据，从心态阳光、乐于助人、赞美他人、勇于担责、宽容忍让、尊重他人、广交益友、能藏善露、亲密有间、大智若愚、方圆变通、懂得放弃、少欠人情、勇于认错、拥有特长、善于沟通、善于倾听、防范小人、远离是非、和睦家庭等方面进行阐述，为读者赢在人生终点提供帮助，希望读者朋友开卷受益。

由于本人水平所限，本书难免存在差错之处，恳请读者朋友不吝赐教。

CONTENTS

第一章 ▶▶▶ 乐于助人

　　每个生活在社会中的人，都有可能遇到这样和那样的困难，有些困难仅靠自己的力量无法解决，需要得到别人的帮助。如果我们平时能够主动帮助他人，那么当我们遇到困难之时，他人就会主动帮助我们。否则，就会相反。

　　孔子教导我们要："己欲立而立人，己欲达而达人"。孟子教导我们要："穷则独善其身，达则兼济天下"。当我们日子过得好，事业有成的时候，应当尽力帮助身边的人过好日子，成就事业。当自己穷、不得志时就应当洁身自好，修养个人品德，坚守道德底线；当自己富贵发达时就应当乐于帮助需要帮助的人，为社会和他人多作奉献。如果能够将扶贫帮困、乐于助人当做处世的习惯，常常帮助他人，就会赢得世人的崇敬。

　　我国著名数学家华罗庚说："人家帮我，永志不忘；我帮人家，莫记心上。"阐明了受恩和施惠的两种态度，是对我国"滴水之恩当涌泉相报""施惠勿念，受恩不忘"等传统文化的通俗

解读。

英国著名作家狄更斯说："世界上能为别人减轻负担的都不是庸庸碌碌之徒。"从另一个角度诠释了帮助他人的内涵，说明了成功人生应以助人为价值取向。

古今中外的许多哲人智者都赞美和践行乐于助人的品德。要想获得人生幸福，需要树立助人为乐的思想。很小很小的一点儿善心只要乘以13亿就会成为爱的海洋；很大很大的困难，只要除以13亿就会微不足道。只要我们大家养成助人为乐的习惯，我们的社会将温暖如春，我们的人生将快乐无比。

一块假银元救了一条命

助人为乐作为一种美德和善举，容易得到大家的认可。而影响助人为乐在社会盛行的一个较大障碍则是担心帮助了别人，亏了自己。客观地说，有时候帮助别人是需要花时间、精力甚至财力的，是需要一定的付出与奉献的。但如果大家都乐于助人，舍得付出、奉献，就会形成一种良好的社会风气，那么，生活在这样的社会中，人人都会受益。谁都难免会遇到困难和挫折，如果大家对此能施予援手，那么困难和挫折就容易化解，就会给悲观失望的人带来信心和勇气。

古人说："爱出者爱返，善往者善来。"在我们的现实生活中，也有许多乐于助人的人会得到意想不到的好报。

抗战期间，有一位年轻战士在赶赴沙场的途中，救了一位想要跳河自尽的妇人，妇人被救上岸之后，不但没有感谢青年，并且怪罪青年害得她生不如死。

在青年一再询问之下，妇人才伤心欲绝地道出自尽的原委：原来她的丈夫遭人陷害入狱，家中留下年迈多病的老母及3个嗷嗷待哺的孩子需要抚养，奈何家徒四壁、贫无立锥，只好将仅有的衣物典当得了一块银元，以治疗老母的疾病，哪知"屋漏更遭连夜雨，船慢又被打头风"，那丧尽天良的奸商却以假银元欺骗她，在这种断绝生路的情况下，只好一死以求了断。

青年听了之后，油然升起恻隐之心，就对妇人说："您的遭遇太值得同情了，我这里有一块银元，请您拿回去为老母治病，为了免得假银元再危害他人，请把这块假银元送给我吧！"

青年拿了假银元，不经意地随手往上衣口袋一放，就出征去了。在一次激烈的战争中，一颗子弹朝青年的胸膛射来，正巧打在放着假银元的部位，结果假银元凹陷下去了，却救了青年一命，青年于是拍手赞叹说："太值得了！这块假银元千金难换啊！"

青年由于一念之善，以一块银元救了妇人一家，也为自己赢得了宝贵生命，可谓是利人又利己。

助人一饭得两士

帮助别人并非仅是大款和大官们的"专利"，其实，每个普通人都有做好事、做善事、帮助他人的能力。普通人至少可以做到"六施"：即心施，就是敞开心扉，对别人真诚；言施，对别人多说鼓励的话、安慰的话、称赞的话、谦让的话、温柔的话；眼施，以善意的眼光看别人；颜施，用微笑与别人相处；身施，以行动去帮助别人；座施，就是乘船坐车时，将自己的座位让给老弱妇孺等更需要的人。不以善小而不为，要把与人方便当作一种习惯。思想决定行动，行动决定习惯，习惯决定性格，性格决定命运。

《战国策·中山》中记载了一个"因一菜而亡国，助人一饭得两士"的典故。

这个典故说的是战国年代，有一个规模不大的中山国。一日，中山国国君宴请文武大臣，有一位叫司马子期的大臣也在被邀之列。羊羹是一道美味的菜肴，可惜因为后勤总管忽视了细节，准备的数量不足，司马子期没有尝到美味的羊羹。国君也有所大意，没有向司马子期做出解释。

司马子期因此感到羞愤难忍，一气之下跳槽跑到了楚国，当着楚昭王的面说了中山国君许多坏话，并且促成楚昭王攻打中山国。

弱小的中山国哪是强大的楚国的对手，不久，中山国灭亡了。中山国君带着一批文臣武将狼狈出逃，因为中山国君前途不测、面临险境，俗话说"树倒猢狲散"，几天过后，环顾身边只有两人还持戈跟随在身后。中山国君既感到悲哀，又感到庆幸，便问这两位武士："事到如今，别人都自逃生路去了，你们为什么不怕危险还拼死保护我呢？"

只听见两人答道："我们的父亲在快要饿死的时候，是您施予了一碗饭，救了他的命，后来，父亲临终时对我们兄弟说："中山国将来有祸事，你们一定要为之赴汤蹈火，舍命保国君！"所以我们今日不惜以死相报。"

中山国君听完之后，仰天长叹一声，极为感慨地说："看来，给予别人，不在乎多少，却在于其适逢危难。结怨别人，也不在于事情大小，而在于伤害别人自尊。一菜可使一个国家灭亡，一饭会使两士为我赴汤蹈火，帮助别人也是帮助自己啊！"

中山国君发自肺腑的感慨，是对我们有益的启迪。

饭店经理是这样造就的

一位餐饮店经理告诉我：我国餐饮业是重要的民生行业，俗话说"民以食为天"，但目前餐饮行业就业人员素质却是最低的行业之一。他们中不少人不仅文化程度低，而且缺乏为人处世的素养。这位经理把店里的厨师和服务员当自己的孩子一样对待，真心诚意地教他们如何为人处世，他们遇到生病或家里有什么困难，都慷慨帮助，每逢他们过生日还请到酒店以示庆贺。但这些人离开餐饮店后，很少有人打个电话或发条短信道声感谢。

这位经理说，对餐饮行业的从业人员进行为人处世的教育比文化教育更为重要。有些人为什么能够改变命运，与善于为人处世是分不开的；许多人不能改变自己的命运，与不善于为人处世紧密相连。

从人性而言，人们只愿意帮助那些懂得感恩，尊重他人的人，而不愿意长期帮助那些不知感恩，不尊重他人的人。2007年湖北省襄樊市女企业家拒绝继续资助贫困学生的案例说明了这个道理。据介绍，2006年8月，襄樊市总工会与该市女企业家协会联合开展"金秋助学"活动，19位女企业家与22名贫困大学生结成帮扶对子，承诺4年内每人每年资助1000元至3000元不等。入学前，该市总工会给每名受助大学生及其家长发了一封信，希望他们抽空给资助者写封信，汇报一下学习生活情况。而实际情况是只有一个学生给资助人写过信，内容是要更多的钱，通篇连"谢谢"的词都没有，为此，2007年8月女企业家宣布：取消对5名贫困大学生继续资助的资格。这个案例在社会上引起了较大反响，各种观点不一，但有一点是不可否定的，那就是人们更愿意帮助为自己提供过帮助的人，包括感激、感恩和赞美。

下面介绍大名鼎鼎、享誉全球的华尔道夫饭店是如何诞生的故事。

一个风雨交加的夜晚，一对老夫妇走进一间旅馆的大厅，想要住宿一晚。

饭店的夜班服务生说："十分抱歉，今天的房间已经被开会的团体订满了。若是在平常，我会介绍你们二位到其他酒店住宿，可是我无法想象你们两位老人再次置身于风雨中的不便，你们如果不介意的话，就住在我的房间吧。它虽然不是豪华的套房，但还是蛮干净的，因为我夜间需要值班，可以待在办公室里休息。"

老夫妇大方地接受了这位服务生诚恳的建议，并对造成服务生的不便致歉。

　　隔天雨过天晴，老先生到前台结账时，当班者仍是昨晚的这位服务生，这位服务生依然亲切地表示："昨天您住的房间并不是饭店的客房，所以我不会收您的钱，也希望您与夫人昨晚睡得安稳！"

　　老先生点头称赞："你是每个旅馆老板梦寐以求的员工，或许改天我可以帮你盖栋旅馆。"说者有心，听者无意。

　　没想到几年后，他收到一位先生寄来的挂号信，信中说了那个风雨夜晚所发生的事，另外还附了一张邀请函和一张纽约的来回机票，邀请他到纽约一游。

　　抵达曼哈顿后，服务生在第5街及第34街的路口遇到了这位当年的旅客，这个路口正矗立着一栋华丽的新大楼。他们见面后，老先生高兴地说："这是我为你盖的旅馆，希望由你来经营，你看可以吗？"

　　这位服务生惊奇莫名，说话突然变得结结巴巴："你是不是有什么条件？你为什么选择我呢？你到底是谁？"

　　"我叫做威廉·阿斯特，我没有任何条件，我说过，你正是我梦寐以求的员工。"老人说。

　　这家饭店就是纽约最知名的华尔道夫饭店，这家饭店在1931年启用，是纽约极致尊荣地位的象征，也是各国高层政要造访纽约下榻的首选。

　　当时接下这份工作的服务生就是乔治·波特，一位奠定华尔道夫世纪地位的推手。

　　是什么原因让这位服务生改变了自己的命运？毋庸置疑，是他乐于助人的品德感动了一位贵人，是对他助人为乐的回报。

助人为乐，惠及后人

佛教是世界的三大宗教之一，有些人认为佛教具有迷信色彩，净空法师则认为佛教是一种教育。佛教重视教人从善，宣扬今生来世，讲究因果报应。佛教将因果报应延长到了来世，纳入到一个更大的循环体系。

因果报应能够解释为什么恶人逍遥法外，为什么好人没有得到善报。善报、恶报都会有报，之所以不报，是因为时间未到。因果报应目的在于教人自觉从善，自己今生得不到回报，那么，来生就有善报，即便自己享受不到，也可以福荫子孙后代，这样的案例屡见不鲜。

一天，英国的一个名叫弗莱明的农夫正在田里干活。忽然，附近沼泽里传来了呼救声，农夫赶忙放下手中农具，奔向沼泽地。只见一个小孩正在泥潭中挣扎，淤泥已没到他的胸部，农夫奋不顾身地救起了小孩。

第二天，一辆豪华小汽车停在了这个农夫劳作的田边，一位风度优雅的贵族下车后，自我介绍是被救小孩的父亲，他是亲自前来致谢的。

农夫说："救人性命，天经地义，这件事不足挂齿。"

贵族说："我想用一笔酬金来报答你，感谢你救了我孩子的命。"

农夫回答说："我不要报答，我不能因为做了一点儿事情就接受酬金。这是我应该做的。"

这时候，农夫的儿子刚好走出家门。

贵族问："这是你的儿子吗?"

农夫说："是的。"

贵族说："我给你提一个建议，让我把你儿子带走，我要给他享受最好的教育。如果他像你一样有着好品行，他一定能成为令你骄傲的男子汉。"农夫同意了。

时光飞快地流逝，农夫的儿子从医学院毕业后，成为了享誉世界的医生。数年以后，贵族的儿子因肺炎病倒了，经过注射青霉素，他的病很快得到了痊愈。

那个英国贵族名叫伦道夫·丘吉尔，他的儿子便是在"二战"期间担任英国首相，领导英国人民战胜了纳粹德国的温斯顿·丘吉尔，农夫的儿子就是青霉素的发明者亚历山大·弗莱明。

以上故事说明了因为助人惠及后人，因为助人创造了历史，好心有好报的道理。

抱团取暖过严冬

中国人崇尚天人合一，认为人与自然、人与社会、人与人之间都是相互联系的，彼此之间构成了一个生态圈。只有相互和谐，才能发展。

在全球经济一体化的今天，各个国家和各个企业依存度不断提高，商业不仅需要竞争，而且需要合作。由美国次贷危机引发的世界金融危机波及全球，世界各国联手积极应对，金融危机考验着国家领导人和企业家的智慧。

阿里巴巴董事局主席马云有着传奇经历，每当关键时刻都会有惊人之举，让我们来看看马云在全球金融危机面前又出了什么奇招。

马云于2008年10月15日宣布，阿里巴巴已经融资150亿元人民币，加入此次全球救援大行动。150亿元包括阿里巴巴上市融资的20亿美元，以及阿里巴巴的自有资金。

马云认为，金融危机影响到实体经济，会先影响到个人消费者，然后传递到企业，而企业信贷方面受到的影响最大。中国未来的出口形势肯定会受到一定影响，因为国外的消费会严重萎缩，金融危机会给中国的中、小企业带来严重影响。

中、小企业是马云的重要客户，客户现在有了困难，马云不是袖手旁观，而是挺身而出，慷慨救市。阿里巴巴与浙江省政府合作，推出帮助中、小企业进军电子商务的"万企工程"。在浙江省经贸委和财政厅的支持下，向入围的中、小企业提供3000万元资金扶持，阿里巴巴则提供约价值3亿元的电子商务服务，在寒冬中，阿里巴巴为客户的"万企工程"埋单，通过寒冬中的免费赠送，这些企业将更加依赖阿里巴巴的电子商务，进而实现锁定。寒冬过后，他们将为阿里巴巴的电子商务埋单甚至加倍回报。

阿里巴巴内部将此次金融危机的机遇类比2003年的"非典"时期：因为"非典"，线下商务会谈风险加大，众多中、小企业使用线上电子商务服务。"非典"之后，因为电子商务不可替代的便利、低成本，阿里巴巴锁定了这些用户。历经"非典"之后，阿里巴巴由"烧钱"变为赚钱。

能够做成非常事业的人，必定会有非常人之举。实践证明，马云"抱团取暖过严冬"的策略和"久旱一滴胜甘霖"的助人之举，已经得到了丰厚的回报。

透过现象看本质，其实任何商业的成功，都能够从为人处世的成功中找到答案。

他为何能够征服北大听众

北京大学是我国"五四"运动的发源地，是现代思想激荡的前沿阵地。北京大学的学生是全国精英中的精英，他们思维敏捷、视野开阔、善于质疑。北京大学历来是来华访问的外国政要发表政治主张、表达新潮理论、论述两国关系的首选大学。而能够征服北大学子，获得他们真诚而热烈的掌声却是一件十分不易的事情。

年过八旬的美国前总统卡特在北京大学做过一次演讲。他的演讲风格及水平远比不上里根、克林顿等美国政要，但北大学生却被他的演讲内容所征服，其多次获得经久不息的掌声。

卡特离开白宫时，被认为是政绩最差的美国总统之一。但是自那以后，卡特总统没有像其他退休总统那样去写书、演讲为自己赚钱，而是频繁出访世界各地，倡导民主和人权事业，努力证明自己是最受尊敬的卸任总统。他不畏艰险，穿梭于许多灾区和战区，曾多次险些丧命。

卡特夫妇一起创办了"卡特中心"，致力于协调国际冲突。在20世纪80年代的海地危机中，尽管美国战机已经起飞，卡特仍不顾生命危险留在海地首都谈判至最后一刻，最终说服军政府交权，避免了一场流血战争，这一事件使卡特在国际上赢得了巨大的声望。

卡特访问古巴并与卡斯特罗主席举行会谈，是自1959年古巴革命胜利以来，美国历任总统中访问古巴的第一人，为改善美古关系起到了积极作用。

除了担任国际和平协调人的角色，卡特与夫人还积极为全球范围内的无家可归者启动了搭建福利房工程的项目，常常不顾年事已高，亲自参加施工。他助人为乐的人格征服了挑剔的北大学子。有学生问卡特总统为什么要冒这么大的风险去从事这些工作？

卡特回答说："我和我的太太认为这是利人利己的好事，我们有能力就应该多做力所能及的好事，就这么简单。"

当有人一再追问他的动机是什么时，卡特思考了几秒钟后说："这就是人类追求真善美的本性。"卡特出乎意料的回答，获得了全场经久不息的掌声。

人同此心，心同此理。付出奉献、助人为乐是一种值得所有人崇敬的道德品质，它不分国界，不分时间，具有永恒的普世价值。这种高尚的道德情操，能使人体验到任何物质都不可比拟的人生幸福。

路人与兄弟

一位朋友带领教育考察团去了一趟台湾，作了9天的考察，台塑等几家知名企业的领导接待了他们一行。他们在台期间还拜访了台湾许多知名学者和大德高僧，收获颇丰，感想颇多。他说一位高僧的一席话使他深受启迪。这位高僧说："人们通常说，四海之内皆兄弟，但能不能成为兄弟，关键在于我们如何对待别人。以兄弟之心待路人，路人成兄弟；以路人之心待兄弟，兄弟成路人。"

我觉得这句话说得太好了，既富有哲理，又符合现实。综观现实社会，许多以仁爱和助人之心对待群众的领导，不仅生前得到群众的信任和尊重，而且死后得到群众的缅怀和悼念。即使在"四人帮"横行高压的形势下，周总理去世后，自发的群众挤满十里长街，哭声震天，顶着寒风为周总理送行告别。人民的公仆牛玉儒生前以兄弟之心对待群众，去世后成千上万的群众自发为他送行。

而许多父子、兄弟或为地位或为家产或为金钱，不顾亲情，反目成仇。历史上有名的春秋五霸之首的齐桓公生前可谓威风八面，称雄一时，死后几个儿子为了争夺王位和财产，在齐桓公的灵柩前大动干戈，以至伤及尸体，长时间不能下葬，致使蛆虫满地、臭气熏天，成为千古丑闻。

现实生活中，一些朋友胜似兄弟，不少兄弟成为路人的案例比比皆是。究其原因，人与人之间的关系，说到底，是一种情义的互换，从物理上讲是作用力与反作用力的关系。我们对别人有情，别人对我们才有义，我们对别人无情，别人也不会对我们有义，即使短期有，也难以长久，这就是处世之道。

懂得了这个道理，就掌握了处世的真谛，兄弟与路人只是名义上的定格，其实质是可以转化的。让我们多一分爱心、多一分理解、多一分宽容、多一分助人、少一分自私、少一分索取、少一分嫉妒吧！我们不仅能够相处好兄弟，增进手足情谊，而且能够使更多的路人成为兄弟，获取成就事业的更多资源，赢得人生更多的快乐和幸福。

乐于助人是人际交往的润滑剂

许多年轻朋友苦苦探寻职场秘诀，如何才能顺风顺水，出人头地，根据许多成功人士的经验，乐于助人是职场上的绿灯。

有些人将达尔文生物进化论无限扩大，认为在职场只有相互竞争，没有互助共赢，滋生出所谓"办公室政治"和"职场潜规则"，结果四面树敌、处境艰难。其实，我们应该从中国传统文化中汲取智慧，创造多赢共利的职场环境，摒弃嫉妒和争斗思维，提倡"花花轿子人抬人"的理念。

中国象棋的 16 个成员最能体现互助的精神。虽然他们各自可以独立作战，不必也不能依赖他人。但是它们之间却是互助合作。"车"固然可以保护"马"，"马"也可以守护"车"，不让它平白遭受对方的攻击。"士""象"当然是"将（帅）"的心腹，随时保护着"将（帅）"。然而紧急关头，当"士"或"象"在行宫受到威胁之时，"将（帅）"也会奋勇反击消灭来犯之敌。"卒"的威力较小，而在适当的场合，不仅可以保护自己的"车""马""炮"，一旦过了界河则会横冲直撞，而且可以将对方的"将（帅）"置于死地。

"红花亦需绿叶护"，任何大事业，都不是个人独力能够完成的，而是有赖于同仁的互助合作，因此，我们要树立"和则彼此有利，斗则大家倒霉"的意识。只有同心同德，互助合作，才能达到互利共赢的效果。

当自己手头事情不多，看到别人忙不过来的时候，应当主动帮助别人。在生活上要主动关心同事，当同事在孩子考学，亲友看病等方面有需求的时候，如果我们有条件应主动帮助同事解决困难。

由于我在新闻出版界的朋友较多，几年来，我帮几位朋友介绍了出版社，玉成了他们新书的出版。出版社感谢我为他们介绍了好的作者，作者感谢我为他们找到了好的出版社。例如，宏源证券的刘钟海是我在任《信息早报》总编辑时认识的朋友，刘钟海是股市的精英，20世纪90年代就进入股市，做过营业部和研究所的负责人，具有较高的理论功底和操盘经验，曾参加过我们《信息早报》在哈尔滨、长春、沈阳等地组织的"中国股市季度走势研讨会"，他在全国各地有许多"粉丝"。2006年底他完成了处女作——《解破国际大师投资机密》，找了几家出版社，也许出版认为他是出版市场的"菜鸟"，给出的条件非常苛刻，所以未能达成合作意向。之后他想到了我出过几本书，出版社的朋友较多，就让我给他介绍合适的出版社，并给我发来了书稿大纲，我看后觉得这本书不错，会有一定的市场。于是我就帮他联系了一家出版社的社长，这位社长即交代编辑部主任操盘，很快完成了这本书的出版工作，这本书也成为市场的畅销书。

在思想上要多与同事交流。人与人是否相投最重要的不是利益，而是思想，如果思想各异，就会成为"话不投机半句多"。助人不应只停留在物质层面，而应提升到思想层面。同事在思想、理念、观点方面的沟通交流不失为一种互助互利途径，这方面我有着较深的体验。在我主持工作的部门形成了一个惯例，部门同志经常在一起交流思想，如看了什么好书，有什么精彩的论断，游览了什么名胜古迹，节假日期间回到家乡有什么新鲜见闻都会在一起相互交流分享。通过相互交流，有利于达成共识、统一思想、和谐关系。

我国有句《贤文》叫做："醉后添杯不如无"。这句话非常精辟，意思是如果一个人已经喝醉了，还有人来敬酒，就要考虑一下这个人是否有诚意，如果有诚意的话就不应该来敬酒，而应该敬一杯白开水或酸梅汤，肯定比敬酒更好。根据经济学的边际效益递减规律，当酒过量了的时候不仅不能产生正效益，而且会产生负效益。"渴时一滴胜甘霖，醉后添杯不如无"这句中国《贤文》与西方经济学边际效益递减规律有异曲同工之妙。

当朋友生病住院的时候，尽可能去看看，生病中的朋友更需要真诚的关心。当朋友郁闷的时候打个电话去慰问一声，会使朋友非常感激。人间需要的是真情，而不是假意。

朋友潘岩女士在一次"贤文书友会"上说："刚来北京时，小区的人谁也不认识，但是我见谁都微笑相待，看见老人上楼梯扶一把，看见小孩夸几句，很快小区的居民就待我们非常友好，当我拎着东西在电梯里，就有朋友帮我按楼层；当我拿着衣服想找干洗店，马上就有大妈帮指路。"潘岩女士的案例说明：助人就是一个人善良、友好的表露，是人际交往的"润滑剂"。

助人就是助己

助人是处世的大智慧。我们生活的这个世界是相互联系的，我们同在一片蓝天下，同在一个地球上，利害攸关、荣辱与共。有时损害别人就是损害自己，帮助别人就是帮助自己，许多智者都明白这个道理。

蓝星公司之所以能够快速发展，在很大程度上得益于创始人任建新助人就是助己的处世理念。蓝星公司以一万元借款、一项国家专利技术、七个半人起家，在1984年成立蓝星公司，第一笔收入是为一位老太清洗一把茶壶的2角钱收入，后来通过清洗锅炉和工业装置很快在市场上获得发展。任建新没有封锁工业清洗技术，而是说服质疑者，成立了化学清洗技术推广中心，一星如豆的蓝星清洗技术很快燎原大江南北，长城内外，400多家清洗分公司如雨后春笋在全国各地诞生，为数以万计的人创造了就业岗位，为许多创业者实现了致富梦想，同时，也促进了我国工业清洗产业的形成，助推了蓝星公司的快速发展。

大家都知道，北京大兴是全国的西瓜之乡，庞各庄的宋宝森老人被称为全国的"瓜王"，他在历届西瓜擂台赛上收获了无数的冠军。他与农业技术机构合作不断改良西瓜品种，并且毫不吝惜地将好种子与乡邻分享。

一天，一位邻居忍不住内心的好奇，有些不解地问宋宝森："你能获奖实属不易，你投入了大量的时间和资金，可为什么这么慷慨地将好种子送给大家呢？"

宋宝森却说："我将种子分送给大家，既是帮助别人，同时也是帮助自己！"

原来大兴县庞各庄家家户户种西瓜，并且田地毗邻相连，宋宝森将好种子分送给乡邻，乡邻就能改良自己的西瓜品种，同时也可以避免蜜蜂采蜜和刮风时将邻近低劣品种的花粉传给自己的西瓜，从而影响西瓜的品质。宋宝森通过自己研究与农业科研机构合作，改良和提升西瓜的质量和品味，并且帮助乡邻提高西瓜品质，从而始终拥有西瓜品种的核心竞争力，永立农业科技的潮头。

在美国得克萨斯州的一个风雪交加的夜晚，一位名叫克雷斯的年轻人因为汽车"抛锚"被困在郊外。正当他万分焦急的时候，有一位骑马的男子正巧经过这里，见此情景，二话没说便用马帮助克雷斯把汽车拉到了小镇上。

事后，当感激不尽的克雷斯拿出不菲的美元酬谢他时，这位男子说："我不需要回报，但我要你给我一个承诺，当别人有困难的时候，你也要尽力帮助他。"于是，在后来的日子里，克雷斯主动帮助了许许多多的人，并且每次都没有忘记转述那句同样的话给所有被他帮助过的人。

许多年后的一天，克雷斯被洪水困在了一个孤岛上，一位勇敢的少年冒着被洪水吞噬的危险救了他。当他感谢少年的时候，少年竟然也说出了那句克雷斯曾说过无数次的话："我不需要回报，但我要你给我一个承诺……"

克雷斯的胸中顿时涌起了一股暖流："原来，我穿起的这根关于爱的链条，周转了无数的人，最后经过少年还给了我，我一生做的这些好事，全都是为我自己做的！"

其实，帮助别人，就是帮助自己。要想提升自己，需要别人踏着楼梯将你抬上楼，别人高了你才会更高。如果你能帮助他人获得所需，那么你也能因此而得到自己想要的东西，而且帮助得越多，得到的也越多。助人为乐，利人利己，何乐而不为？

来自内蒙古的喜讯

我对处世要助人为乐有着深切的体会和感受，因为我不仅长期观察和研究这个课题，而且一直是乐于助人的实践者，并从中收获了许多快乐与幸福。

下面与读者朋友分享我在2006年10月19日发表的一篇博客，分享助人为乐的体验，感受来自远方的喜讯。

昨天我和夫人高兴地接到了从内蒙古报来的喜讯，由我们牵线喜结良缘的小王姑娘生下了一个胖小子。给三代单传的男方家庭带来了天大的福音，我和夫人作为"月下老人"也感到非常高兴。

两年前，小王姑娘和男友都属大龄青年，他们都是我们的朋友。双方的父母都为儿女们迟迟不能男婚女嫁，成家立业而担忧。男孩从内蒙古的大学毕业分到北京工作，他工作非常敬业，但比较腼腆，加之长期在外地施工，缺少找女朋友的机会，一晃好几年过去了，找对象的事一直没有着落。为这事，可急坏了家里的长辈们。不仅男孩的父母着急，男孩的爷爷更急。记得有一年春节期间，男孩70多岁的爷爷还专程到我们家，表达了对孙子找对象之事的牵挂。我们深深理解作长辈的心情，并向老人承诺，尽力帮他孙子介绍个好对象。时间不久，我们物色到了与男孩般配的南方姑娘小王。俗话说"千里姻缘一线牵"。这一对北方男孩和南方女孩一见钟情，相见恨晚，几个月后就登记结婚，接着就有了爱情的结晶，胖小子出生。

昨晚我与夫人散步时谈起此事，屈指一数，我们已为10多对大龄男女玉成了姻缘。更有趣的是，这些小夫妻大都生的是胖小子，有趣！有趣！纯属玩笑而已，绝没有重男轻女之意。

我们老家有一句俗话"做媒担保，自寻烦恼"。这是祖先们的经验总结，事实也是如此。就拿这做媒来说，是要付出较大成本的，主要是时间成本，好在中国人的时间，特别是以前的时间不太值钱。最主要的是还得受气，且不说相亲期间的频繁协调斡旋，多说好话，即使是结婚之后，两口子闹别扭、有矛盾，媒人也脱不了干系，需要两边说和、消除误会、化解矛盾。

从我们做媒的情况来看，大多数没有什么麻烦，但也有几个费了我们不少时间和精力。即使是"自寻烦恼之事"，我们也乐意为之，我们相信："爱出者爱返""福往者福来"。我们老家还有一句俗话："做一个媒添几年寿"，如果真是那样又是很值得的事情。

这不，小王姑娘和她爱人说，带着胖小子回北京之后要请我们喝喜酒呢！

第二章 ▶▶▶ 赞赏他人

　　世上知识浩如烟海，再有学问的人也只能掌握沧海一粟，都会有知识的盲区。据史料记载，孔子那么有学问的人，却被两个争论日头远近的小孩难倒了。一个再平常的人在这个世界上都是独一无二的，都有可能在某一方面有过人之处。智障的舟舟却有音乐指挥天才，他指挥的乐队在国内外受到超乎寻常的欢迎。正所谓：天外有天，人外有人。

　　赞赏包含赞同、欣赏、钦佩、赞美的意思。赞赏他人就是欣赏、钦佩、赞美他人。

　　喜欢展示自己，爱听赞赏的话是人类的天性，人人都喜欢"正性刺激"，而不喜欢"负性刺激"。所谓"闻过则喜"是一个人修炼到较高层次之后的一种智慧和境界，普通人难以达到。

　　如果在处世交友中懂得赞赏他人，善于夸奖他人的长处，那么，相互间的好感或友谊将会大大增加。天底下有一种方式可以促使他人得到满足——给他想要的东西。因此，我们要养成赞赏他人的习惯。每个人都有缺点，也有优点，看到他的缺点是事实，看到他的优点也是事实，为什么不多赞赏别人的优点呢？

孔子说："三人同行，必有我师焉。"美国著名思想家爱默生说："我遇见的每一个人，都或多或少是我的老师，因为我从他们身上学到了东西。"中西方文化在很多方面是相通的，孔子与爱默生所说的道理与意思相当。他们都在教育人们要看到别人的优点，低调处世、高调赞人。

培训专家卡耐基说："在你每天的生活之旅中，别忘了为人间留下一点赞美的温馨，这一点小火花会燃起友谊的火焰。"卡耐基诠释了赞赏他人与人际和谐的因果关系，只要种下了赞赏他人的因，就会结出人际和谐的果。

美国著名女企业家玛丽·凯曾说过："世界上有两件东西比金钱和性更为人们所需——认可与赞美。"金钱在调动积极性方面不是万能的，而赞美却恰好可以弥补它的不足。因为生活中的每一个人，都有较强的自尊心和荣誉感。你对他们真诚的表扬与赞同，就是对他人价值的最好承认和重视。打动人最好的方式就是真诚的欣赏和善意的赞许。

有这样一个案例：让两组学员比赛寻找一把藏在教室里的钥匙，花时短者为胜。事先与同学说好，A组如果寻找的方向正确就鼓掌，方向错误就不吭声；B组则相反，寻找的方向正确就不吭声，寻找方向错误就鼓掌。比赛的结果A组取胜。这样的比赛进行了多次，结果都一样。这个试验的结果说明，鼓励能够提高人的工作效率。后来这个试验被称为"赞赏效应"：即赞赏实质上是对一个人价值的肯定，而得到肯定评价的人往往也会怀着一

种潜在的快乐心情来满足你对他或她的期待。

赞赏是一种优秀品格

赞赏他人既是一件容易的事情，又是一件艰难的事情。难就难在赞赏他人需要具有宽容、善良、谦虚的品格。被称为中国人"心经"的《大学》对赞赏和嫉妒的品格及由此造成的后果作了深入的阐述。

《大学》曰："人之有技，若己有之；人之彦圣，其心好之，不啻若自其口出。实能容之，以能保我子孙黎民，尚亦有利哉！人之有技，冒疾以恶之；人之彦圣，而违之俾不通，实不能容。以不能保我子孙黎民，亦曰殆哉！"

这段话的意思是：别人有本领，就如同他自己有本领，别人有美德，他诚心地喜爱，不只是口头上，而是真的打心眼儿里赞赏。重用这种人，可以保护我的子孙和百姓，而且还可以为他们造福啊！如果别人有本领，他就妒忌和憎恶人家；别人有美德，他便想方设法对人家进行压制，无论如何容不得别人。重用这种人，不仅不能保护我的子孙和百姓，而且可以说是很危险的！

赞赏他人是一种有效的管理方法，这种方法能够起到比严格的规章制度更好的效果。一位餐饮店余经理给我讲过这样一个案例。她店里有一位资历较老、年龄较大的员工，大伙都称他为"李叔"，在员工集体宿舍不太注意卫生，有时随地吐痰。小年轻很有意见，但又不敢说，于是将这事告诉了余经理。余经理会怎样处理这件事呢?

余经理经过一番思量,终于想出了一个办法。她召开了一次会议,在会上强调员工在宿舍要注意卫生,要向"李叔"学习,"李叔"年龄大,资格老,是走南闯北,见多识广的人。听到这,"李叔"得意之情溢于言表,说:"是啊,我在深圳干过5年,在广州干过3年。"余经理说:"据我了解,深圳和广州都有规定,在公共场所随地吐痰是要罚款的,是吗?""李叔"说:"是的。"余经理说:"讲究卫生有利于身体健康,今后请"李叔"多操心,教教这些小年轻,共同努力把宿舍的卫生搞好,谁要随地吐痰,一次罚款20元,大家说行不行?"大伙都说:"行!""李叔"这才明白了余经理的用意,答应了余经理的要求。

本应受到批评的"李叔",在赞扬声中承担了责任,改掉了随地吐痰的习惯。年轻员工都敬佩余经理管理有方、人情练达。

孩子,你真棒

《孩子,你真棒!》是知心姐姐卢勤写的一本书的名字。我曾有幸在北京大学听过卢勤老师的一次演讲,主题是"如何教育孩子",受益匪浅。

如何教育孩子是父母和准父母都十分关注的问题,许多父母为孩子付出了很多,除了读书之外,不让孩子做任何琐事,甚至不让孩子洗一双袜子或一条手绢,但孩子却往往不领悟父母的良苦用心。

许多家长特别是知识分子家长，对孩子要求过高，总拿自己来当作孩子的参照系数，经常说：当年我如何如何，经常批评孩子的缺点，这也不是，那也不对，使孩子自信心丧失，逆反心理强烈。还有一些特别优秀的孩子，由于父母管教过严，期望值过高，偶然一次考试不理想或没有被名牌大学录取就跳楼自杀，结束了自己宝贵的生命。

卢勤老师告诫家长们要好好学习与孩子相处的艺术，尊重孩子的自尊心，赞赏孩子的优点，树立孩子的信心。孩子的某学科成绩不好，并不是孩子笨，而是孩子对某学科不感兴趣。高考只是人生的一次重要考试，并不是人生的全部。其实，人的一生都在考试，一次考试成功，不应该沾沾自喜，相反，一次偶尔的考试失误也不要太在意。考上名牌大学的人不一定能够取得人生的辉煌。据一位专家对台湾4所名牌大学的文理冠军进行了20年的跟踪考察，他们走上社会后大都成就平平，2/3在学校当老师，其余进政府和企业的也都没有什么突出成就。考不上名牌大学甚至不上大学也不一定碌碌无为，对待人生要风物长宜放眼量。

家长不一定要懂数学、外语、音乐、舞蹈，但必须会鼓掌，会说："孩子，你真棒！"

卢勤老师不愧为教育专家，对孩子的研究十分到位，父母在处理与孩子的关系上，也需要转变观念，不能将孩子当成自己的私有财产，而是要将孩子放在平等的主体位置上来尊重、赞赏。对孩子来说，一句赞赏的话语胜过十句规定和要求，父母的赞赏会产生意想不到的效果。

赞赏是成功的秘诀

孔子说："己所不欲，勿施于人"，意思是自己不喜欢的东西，不要施加于别人身上。反之，自己喜欢的东西，应当与别人分享。喜欢赞赏、赞美、鼓励、奖励是人之共性，如果善于利用这一共性，并成为一种习惯，将有利于助推成就大业，享受人生幸福。

美国早期的富豪，大多靠机遇成功，洛克菲勒却属于例外。他并非多才多艺，但异常冷静、精明、富有远见、善于用人，凭借自己独有的人格魅力和处世艺术白手起家，一步一步地建立起庞大的石油帝国。如果洛克菲勒今天仍然健在，他的个人资产将比比尔·盖茨高出许多。

真诚地赞赏他人，是洛克菲勒人生成功的秘诀之一，发生在他的下属爱德华身上的一件事情可略见一斑。

创业初期，有一次他的下属爱德华因为计划不周，在南美做砸了一笔大买卖，对公司造成上百万美元的损失，洛克菲勒本来可以对爱德华大加指责，但他知道爱德华也尽了最大的努力，何况事情已经发生了，因此，洛克菲勒并没有责怪爱德华，而是朝好的一面来看待这件事情。

他找到了爱德华值得称赞的地方，对他说："幸亏你的努力，才保住了我们60%的投资，这已经很不错了，我们不可能每件事情都不出错。"

当你对某个人有意见或准备指责他时，不妨试一试赞赏，把对他的批评或责备变成对他的期待，并让他感到自己是值得你有所期待的人，你一定会收到比你预想要好得多的效果。

爱德华非常有幸，碰到了这样一位欣赏他的老板，不仅原谅了他的失误，而且恢复了他的信心，在以后的日子里岂有不将功补过、努力工作之理。这一秘诀也可能是洛克菲勒能够成为世界级富豪的重要因素之一。

中国的一句老话叫做"士为知己者死"。这样的故事仍然在今天传颂。某大型公司的一位清洁工，原本是一个最被人忽视、看不起的角色，但就是这样一个人，却在一天晚上公司保险箱被窃时，与小偷进行了殊死搏斗。

事后，有人为他请功并追问他当时的动机时，答案却出人意料。他说："当公司的总经理从他身旁经过时，总会不时地赞美他"你扫的地真干净"。就这么一句简简单单的话，就使这个员工受到了感动，并"以身相许"。

喜欢赞赏别人也是世界上最伟大的汽车销售员乔·吉拉德成功的秘诀之一。如果顾客和他的太太、儿子一起来看车，乔·吉拉德会对顾客说："你这个小孩真漂亮。"也许这个小孩并不好看。如果想要与顾客成交业务，就绝对不可以说出伤害顾客自尊心的话。

乔·吉拉德善于把握诚实与奉承的关系。尽管顾客知道乔·吉拉德所说的不尽是真话，但他们还是喜欢听到别人赞美的话，赞美可以使气氛变得愉快，关系变得和谐，业务也就容易成交。可见，赞赏、赞美是人生成功和幸福的重要秘诀之一。

从2006年以来，任建新带领中国化工管理团队成功并购了法国安迪苏、法国罗地亚有机硅、澳大利亚凯若斯、挪威埃肯等六家海外企业，并且取得了买得来、管得了、干得好、拿得进得良好效果，得到了国家发改委、国务院国有资产监督委员会、商务部等部委的充分肯定。任建新在与海外公司高管人员相处时从不以占领军自居，而是尊重当地文化、赞美他人、虚心学习。他多次阐述自己的观点："在企业资产上我们是所有者，是老板，但在企业管理、技术创新、产品营销等方面你们是老师，我们要虚心向你们学习。"海外企业高管被任建新的低调谦虚、尊重他人、赞美他人的胸怀和品格所折服，都尽心竭力、努力工作，即使在遭受国际金融危机冲击的背景下，多数海外企业不断创造经营业绩新高。为了肯定海外企业高管为中国化工作出的卓越贡献，除了给予经济奖励外，还注重精神奖励，如将印有法国安迪苏公司董事长杰拉德等高管头像的瓷盘收入中国化工博物馆永久陈列。

赞赏他人要及时

按照管理学分类，赞赏属于正向激励的范畴，激励需要注重时效性。及时赞赏能够起到良好的效果，随着时效性的递减，效果也会递减。对此，我有过许多实践，有着较深体会。

2007年，我在任中国化工集团公司政策法规部主任时，赵琳分配来我们部门工作，赵琳是毕业于哈尔滨工业大学社会学专业的研究生，我们部门交给她的一项主要任务是研究世界500强中化工企业的发展历史及成功秘籍。赵琳工作非常认真，查阅了大量资料，起草了一篇11000多字的《杜邦公司的发展秘籍及给我们的启迪》的研究报告，这份调研报告提交给集团公司领导后，得到了领导的充分肯定，并批示转发系统内各直属企业领导参阅。

我得到领导批示后非常高兴，正如《大学》所曰："人之有技，若己有之；人之彦圣，其心好之。"我立即召集部门会议，宣读了领导的批示，对赵琳的工作给予了表扬。赵琳非常高兴，这是她由学校走上社会后第一次得到集团公司和部门领导的肯定，我认为这种及时的激励肯定能够取得加倍的效果。

及时赞赏别人，是成本最小的管理和处世方法，既能使别人快乐又能使自己高兴。

水也喜欢赞美

有些读者朋友可能注意到，有一位名叫江本胜的日本作者写了一本《水知道答案》的书，在读者中引起了较大的反响，因为他用122张前所未见的水结晶照片，向世人展示了一项独一无二的科学观察成果：水能听，水能看，水知道生命的答案！

让水听美妙的古典音乐，水就形成美丽的结晶。相反，让水听充满愤怒与反抗色彩的重金属音乐时，它结晶的形状则凌乱破碎。

把水装进瓶里，将写上"谢谢"和"混蛋"的字贴在瓶壁上。贴上"谢谢"两个字的水结晶，非常清晰地呈现出美丽的六角形；而贴上"浑蛋"两个字的水结晶，像听到重金属音乐的水那样凌乱破碎。

这个世界的知识是无穷的，我们所知道的是很少的一点点，还有许多未知的世界有待人类去认识。也许江本胜先生在这个领域是先行者，也许有的朋友会对江本胜先生的试验结果提出质疑，对于水是否真正知道答案的命题我们暂且存而不论，让更多的科学家去继续证明。我们至少可以达成一个共识，这个世界需要赞美，不仅是人，也包括一草一木。

因为赞美别人，赞美自然，就是向这个世界发出了一份善意，在赞美别人，赞美自然的时候自己的内心有一种愉悦，一种善意，一种幸福。某一类研究表明，人类疾病90%以上来自社会，纯生理疾病是比较少的。所谓来自社会就是来自自己的心理情绪。中医认为怒伤肝、喜伤心、思伤脾、悲伤肺，这些都是我们的祖先长期观察研究的结果，是心理情绪在生理上的反应。如果我们能够多赞美别人、多赞美自然，多一些感恩，少一些牢骚，不仅是处世良方，而且还是保健良药。

烤鸭为什么只有一条腿

在我们的现实生活中，有些人不善于利用上天赋予的资源，对待赞赏和掌声非常吝啬。分享别人的演讲舍不得鼓掌，别人在车上给他让了座位舍不得道一声谢，在别人家受到盛情款待，离开时舍不得感谢一声，别人为他付出了辛勤劳动舍不得鼓励一下。

据传，某王爷手下有个著名的厨师，他的拿手好菜是烤鸭，深受王爷及家人喜爱，不过王爷特别吝啬，别说给厨师发奖金，就连赞赏和鼓励的话都没有说过一句，使得厨师整天闷闷不乐。

有一天，王爷有客从远方来，在家设宴招待，点了数道菜，其中一道是王爷最喜爱吃的烤鸭。厨师奉命行事，然而，当王爷挟了一条鸭腿给客人时，却找不到另一条鸭腿。当着客人的面，王爷不好说啥，待客人走后，王爷便问厨师："今天的烤鸭为什么只有一条腿，另一条腿怎么不见了？"

厨师说："禀王爷，咱们府里养的鸭子都只有一条腿！"王爷感到诧异，难以置信。厨师便领着王爷到鸭棚去查个究竟。时值夜晚，鸭子正在睡觉，每只鸭子都只露出一条腿。

厨师指着鸭子说："王爷你看，咱们府里的鸭子全都只有一条腿。"

王爷听后，便大声拍掌，鸭子当场被惊醒，都双脚站了起来。

王爷说："鸭子不全都是两条腿吗？"

厨师说："对！对！不过，只有听到掌声后，才会有两条腿呀！"

王爷明白了厨师的意见，第二天就给厨师加了薪水，发了奖金，后来只要吃上可口的烤鸭总会赞扬厨师几句，他们的关系更加融洽了。

这个案例说明，要使人们始终处于施展才干的最佳状态，唯一有效的方法，就是表扬和奖励，没有比受到批评更能扼杀人们积极性的了。

难题在赞赏中化解

用于管理的手段多种多样，如行政手段、经济手段、法律手段，这些都属于硬性手段，在多数情况下硬性手段是管用的，也是管理者常用的手段，但硬性手段的效果不一定最好，甚至在有些情况下会失效，所以，作为管理者还应该探索软性手段，即应用赞赏、赞美、激励和奖励等手段达到管理目标。

下面这个在使用硬性手段不奏效的情况下，运用软性手段化解难题的案例值得借鉴。

一家建筑公司承建了某公司的一座办公大楼，并指定某天必须交工。工程进行得非常顺利，眼看就要完工时，承包外面铜工装饰的商人突然变卦，说他不能如期交工，并摆出了种种理由。工程若不能如期完成，除了要交付巨额罚款外，还要承担信誉上的损失，对这家建筑公司以后的发展来说，信誉受损比罚款带来的影响更大。

怎么办呢？打电话，对方一味地敷衍；发电报，对方也无动于衷；激烈的责备，对方索性不再买账；提出将诉诸法律，对方一付"死猪不怕开水烫"的架势。最后只得总经理亲自前往南方某市与铜工装饰商当面交涉。

第二天上午，建筑公司总经理走进铜工装饰商办公室。他一进门就兴奋地说："你知道吗？我发现了一个极大的秘密。"

铜工装饰商瞪大眼睛非常好奇地问："什么秘密?"

总经理说："今天早晨我下了火车,查电话号码簿时意外地发现,在贵市只有你一个人叫这个名字。看来你是一个独一无二的啊!"

铜工装饰商听后美滋滋地说："我还从没注意过呢,我看看。"他饶有兴趣地打开办公桌上的电话号码簿。"哈,还真是这么一回事呢!"他很自豪地说,"这确实是个不常见的姓名。我祖先原籍山东省,搬到这里已有100多年了。"接着,他便谈起了他的祖先和家世,谈起了"一山一水两圣人"的故乡,得意之情溢于言表。

谈完这个话题后,总经理说："许多人谈起你的铜器工厂都赞不绝口,说它是所有铜器工厂中最整洁、最完善的一家。不知道我是否有幸一睹为快?"

铜工装饰商笑着说："我花去一生的精力和心血经营这家工厂,我很引以为荣。如果你愿意的话,我愿陪你一起看看。"

他们一起来到工厂。参观时,总经理盛赞工厂的组织系统,且一一指出哪些方面要比别家的工厂优秀,特别是对厂里的几种特殊机器设备赞不绝口。总经理的赞赏使铜工装饰商感到遇上了知音,他告诉总经理那几种机器是他自己发明的。总经理赞叹道："能遇上像你这样既能干又智慧超群的合作者,真是我们的荣幸啊!"

参观完工厂,铜工装饰商执意要请总经理共进午餐,总经理也不推辞。餐后,铜工装饰商说："我原本估计你来后我们之间会爆发一场战争,我也早做好了应战准备,没想到我们竟然谈得如此愉快。我当然知道你此行的目的，虽然直到现在你还没提一个要求。你就不要再提了，请您先回去吧，我保证你们订的货会准时运送到你们那里，尽管有人等着出更高的价格要货。"

自始至终，这位总经理除了对铜工装饰商的赞赏之外，一直没提任何要求，但是却达到了目的。大楼所需要的材料全部到货，大楼也如期交工。

这位总经理的策略就是运用赞赏的良方化解了经营中的难题。我国有一句俗话叫做："软绳子可以捆硬柴"。大概就是这个道理吧。

用赞赏达成批评之效果

赞赏与批评的目的都是培养善行、改正缺点、促人向上，赞赏与批评只不过是两种不同的手段而已。通常的做法是赞赏用于好事、成绩、功勋；批评用于坏事、错误、损失。其实这种传统的习惯思维是可以突破的。治病的苦药裹上糖衣既不妨碍药效，又可便于病人尤其小孩服用，人们可以从中受到启迪。

教育学家陶行知先生"四块糖"的故事值得品味。

陶行知先生在担任一所小学的校长时，看到男生王友用泥块砸班上的同学，当即制止了他，并要他放学时到校长室去。

放学后，陶行知来到校长室，王友已经等在门口准备挨训。陶行知没有批评他，却送了一块糖给他，说："这是奖给你的，因为你按时来到这里，而我却迟到了。"

王友惊疑地接过了糖果。

接着，陶行知又从口袋里掏出一块糖给王友，说："这块糖也是奖给你的，因为当我不让你再打人时，你立即住手了，这说明你很尊重我，我应该奖励你。"

王友迷惑不解地接过了糖。

陶行知又掏出第三块糖，说："我调查过了，你用泥块砸那些男生，是因为他们不守游戏规则，欺负女生。你砸他们，说明你很正直善良，有跟坏人斗争的勇气，应该奖励你啊！"

听到这里，王友感动极了，他流着眼泪后悔地说："陶校长，你打我两下吧！我错了，我砸的不是坏人，而是自己的同学呀。"

陶行知满意地笑了，他随即掏出第四块糖，递给王友，说："为你正确地认识错误，我再奖给你一块糖。"待王友接过糖，陶行知说："我的糖送完了，我看我们的谈话也完了吧。"

陶行知先生不愧为教育大家，在他的眼中还有谁不值得赞赏呢？赞赏犹如春风细雨，催生了满园桃李。但愿陶行知先生"四块糖"的故事千古传诵，为和谐社会、幸福人生增添甜蜜。

憎而知其善

《礼记》说："爱而知其恶，憎而知其善。"意思是说：爱他并且要知道他的恶处，憎恨他并且知道他的善处。这是古人的一种高尚境界，在我们现实生活中，许多人会受到自己主观情绪的影响，欣赏自己崇拜的人比较容易，而欣赏自己没有好感的，甚至憎恨的人就十分不易。

一次我与中央党校经济学部韩教授聊天，说到孩子的教育问题。他说他读初中的儿子比较调皮，但也有许多优点，如自我约束、淡泊名利、团结同学、阅读广泛等，还有一个难能可贵的优点是欣赏他人，能从许多同学身上看到别人的优点。

欣赏他人是一种可贵的品德，是自身进步的基础，是良好人际关系的润滑剂。"憎而知其善"是一种辩证的思维，一分为二的观点。不难看到许多人说到一个人好时，什么都是好的，而说到一个人坏时，什么都是坏的，好像就没有优点，其实这种观点存在很大的片面性。

一个人如果能够欣赏他人，特别是反对过自己的人，这是一种成熟的表现。伟人毛泽东要求共产党员，要能团结反对过自己并且被实践证明反对错的人。欣赏他人是一种谦虚的心态，是一种客观的思维。能够客观地看到别人的长处，就能够客观地认识到自己的不足，知道自己的不足才能向别人学习。学习是一种谦虚的心态，只有谦虚的人才会去学习，骄傲自满的人是不会学习的。半部即可治天下的《论语》第1段的第1句就是："学而时习之，不亦乐乎？"说的就是学习是一件快乐的事情，是人生幸福的头等大事。

欣赏他人还是建立良好人际关系的润滑剂。能够欣赏他人，自然会得到他人的欣赏，人际关系是一种互动的关系。要想自己不断进步，人际关系不断改善，就要学会欣赏他人。一个初中的孩子能够做到欣赏他人是可贵的，也是值得我们成年人学习的。

第三章 ▶▶▶ 尊重他人

　　希望受到别人尊重是人的本性，尽管人的地位有高低、财富呈多寡、性别分男女、地域分南北，但人格都是平等的，都希望受到尊重，尊重他人是为人处世之本。处世是双向的人际关系，就好比物理学中的作用力与反作用力，如果你不懂得尊重他人，那么，他人也不会尊重你，如果你尊重他人，他人也会尊重你，其实，处世之道不存在高深的理论，说简单也很简单。

　　尊重他人是一种美德，它体现一个人的道德之高尚与否，心地之善良与否，气度之宽广与否。尊重他人可以消除隔阂、建立友谊、展示修养、赢得朋友。我们应该时刻牢记，尊重他人就是尊重自己，尊重他人是为人处世不可或缺的美德。

　　老子在世间万物之中最崇尚的是水，他说"上善若水""上善"就是最善。为什么水为最善呢？是由水的属性或品质所决定的。大家都知道，我们人体中70%以上是水，水为生命之源；水善于低调，水往低处流；水善于适应环境，把它放在圆形的杯子里，它就是圆形，把它放在方形的盒子里它就是方形；水还善于变通，遇到了小障碍物就掩盖过去，遇到了大山巨石就绕道而行；有利万物、尊重万物，是水最明显的特色，因此，人们都喜欢水，离不开水。如果我们能够向水学习，多做有利于他人的事情，多尊重他人就会赢得人生道路上的绿灯，就会成为一个广受欢迎的人。

尊重有尊敬和重视两层含义，因此，只注重尊敬而忽略重视是不够的。相传诸葛亮出山辅佐刘备之前，孙权就已派张昭出面聘请过诸葛亮，张昭与诸葛亮进行过一番长谈，表达了孙权的旨意，但遭遇了诸葛亮的谢绝。诸葛亮说："权能贤亮，而不能尽亮矣。"意思是孙权只能尊敬他，把他奉为上宾，而不能尽贤任能地使用他、重视他，因此称不上"尊重"。其后因感激刘备风雪连天，三顾草庐，成为了他的军师。刘备与其同床共寝，终日谈论天下大事，情同手足。凡有军国大事，都要与其商谈，虚心听取意见，然后作出决策。诸葛亮受到了真正的"尊重"，才有了后来的"七擒六出"之壮举，形成"三国鼎立"之势。

现代社会竞争激烈，更需要良好的人际关系，更需要尊重他人。尊重他人就是要把别人作为重要人物去对待，而不是轻视他或她，这样，你的人际关系将会大大改善。如果你是老板，尊重你的员工，即可换来他们的信任和更努力地工作。例如，松下幸之助、任建新、张瑞敏，他们深知尊重他人的道理，于是他们的企业迅速发展。同样的道理，也可推而广之到生活交往中：如果夫妻之间多一分尊重，就会使离婚率大大降低；如果父母和孩子之间多一分尊重，就会少一些代沟和隔阂；如果老师和学生之

间多一分尊重，就会少一些"问题少年"；如果人与人之间多一分尊重，整个社会就会多一分和谐，人生就会多一分幸福。

尊重上司得舞台

在各种人际关系中，与上司的关系无疑是重要的关系之一。当前流行的一句话叫做："得上司者得舞台"。此话不无道理，要使自己有一个好的人生舞台，不能不尊重上司，处理好与上司的关系。否则，难免遭受挫折或两败俱伤。

有些人自我膨胀、个性张扬、目空一切，看不起别人，喜欢用自己的长处比别人的短处，越比越不平衡，因此，也无法尊重上司，继而产生矛盾，甚至相互为敌，结果不仅影响了个人之间的情谊，而且妨碍了正常工作。同一个单位正、副职之间雇凶杀人的案件偶尔在媒体曝光，其结果无疑是自毁前程，误了性命。如何与上司相处是职场人士值得认真思考的问题，以下几点可供读者朋友参考。

一是要客观地认识上司。哲学家黑格尔曾经说过："存在的就是合理的。"这句话不一定完全正确，但也有一定的道理。一般来说，上司之所以能够成为上司，总会有他或她成为上司的理由，或是有品德；或是有能力；或是善于处理关系等。因为一个岗位和职务的人选是由多种因素综合平衡后决定的，有时还有一定的时代特色，不同的时代对职务的要求是不同的，如革命战争年代重视的是军事能力；计划经济年代重视的是执行能力；市场经济年代重视的是创新精神。历史上有过一个案例，一个怀才不遇的人说了这样一段话："我习文时，君好武；我习武时，君好文；我年少时，君喜老；我已老时，君喜少，因此一生不得志。"这个人的悲剧在于不能适应时代的需要。客观地肯定上司，自觉地服从领导，听从指挥，无疑是明智之举。

二是友善地为上司补台。上司是人不是神，是人就不能要求其十全十美，当发现上司有失误的时候，应该友善地提醒上司，并尽自己的能力为上司补台，这是上司所希望的。否则，钩心斗角、相互拆台，最终必将是"覆巢之下岂有完卵"。友善地为上司补台是处理好与上司关系的重要方法之一。

三是保持自己的人格。我们讲尊重上司是有条件的，不是无原则的。一个人的立身之本是要有核心竞争能力，有人格，有独立性。要做一棵树，不做一根藤。因为树再矮，却是独立成长的，藤再高却是依附在树上的，如果树一倒，藤也会倒下。从古到今，历朝历代，都不乏拉帮结派、党同伐异，一朝君子一朝臣的闹剧。一些丧失人格、依附上司、助纣为虐的人能够得势一时，而一旦派系倾轧、改朝换代则有可能成为阶下囚甚至株连九族。这种反复上演的悲剧根源，就是许多职场中人缺乏自己独立的人格，没有正确处理与上司的关系。在处理与上司的关系时，一方面要尊重上司，另一方面也要尊重自己，不能成为上司的附庸。现实生活中也存在有些嫉贤妒能的上司，利用手中的权力打压下属。还有些上司因为某些特殊原因存在倾向性地"失聪失明"的现象，看不见听不到下属的成绩，眼睛只盯着下属的缺点。遇到这种上司，一味地忍让并非上策，不妨当着他或她的上司的面当场闹翻，给他或她一点颜色，使他或她今后不敢无端欺负。实在无法改变环境，不妨选择离开，走出去，也许会有一片新天地。

以上也是我的职场经验和体会，并且将我的经验和体会与我的朋友交流，一些朋友试用了我开出的"药方"，竟然收到较好的效果，下面与读者朋友分享我2006年的一篇博客。

令我高兴的是今天接到一位大姐打来的电话，她告诉我，我给她开出的"心理药方"不到一个月，就产生了效果。

大概是半个多月前，这位大姐来电话告诉我，最近提拔为一个单位的后勤部长，工作任务繁忙，但令她不开心的是与她的分管领导闹得不愉快，那位分管领导常常越级指挥，并且工作思路与她相差较大，搞得下面的员工无所适从，问我该如何应对？

当时我对她说：给您开一个"心理药方"，保证不出一月就会见效。具体做法是："多尊重领导，多请示，多汇报，开会时自己少说话，让领导多说，按领导的意见去办。人都需要尊重，你尊重了他，他就会尊重你，你们的关系就会和谐融洽。"

这位大姐告诉我说：您的方法果真灵验，第二天我就去向领导汇报工作，开会请他作指示。周围的同事也称赞我与以前不一样了，心态更平和了。她说现在领导对她很好，反而管得少了，什么都听她的意见。现在工作虽然忙一点，但心情很愉快。所以，不到一个月，就把这一高兴事告诉了我。我当然非常高兴。因为我凭几句开导能够为朋友化解忧虑、和谐关系，能不为之高兴吗？

人都是需要尊重的，我国有句俗话说："你敬我一尺，我敬你一丈。"从经济学的角度来看，尊重他人还是一宗挺划算的事情啊！

尊重是正、副职关系的基础

正、副职是职场的重要角色，正、副职关系是许多职场人士必须面对的而又不太容易处理好的关系。

我有两位朋友分别在一个部门担任正、副职，起初关系还比较融洽，过了一段时间，双方闹起了矛盾，并且难以调和，以致相互到主管领导那里去告状。他们也分别在我面前诉说对方的不是，我除了言语相劝之外，根据我在职场担任正、副职的经验和体会写了一篇《如何处理好正职与副职关系》的文章，并通过电子邮件分别发给了这两位朋友，他们看后，都觉得挺好，并且认真反思自己的不足之处，双方的关系逐渐融洽。这篇文章刊发在《信息早报》2006年5月23日第3版，受到了不少读者的肯定。

下面与大家一起分享这篇文章。

在一个团队中，协调好团队成员中的关系尤其是正职和副职的关系非常重要，许多团队因为没有处理好正职和副职之间的关系，而使团队的发展受到严重影响。因此，研究正职与副职的关系具有重要的意义。根据我的工作经历和体会，我认为作为正职要做到"五有"：

一是要有容人之短的雅量。人非圣贤，孰能无过。既然哪一个正职都不敢保证事事正确，那么当副职出现错误的时候，作为正职要有容人之短的雅量。具体做法是，善于开展批评，及时指出副职的错误，分析产生错误的原因，真诚地关心帮助副职；在自己能力范围内能解决的问题尽量不要向上司汇报下属的错误，如果养成了向上司汇报下属错误的习惯将会得到"双害"的结果。如果向上司汇报下属张三不行、李四不是、王二麻子有问题，那么上司就会得出你也不怎么样的结论，这是一害，既害了自己。第二害自然也会害了下属，当副职知道正职向上司汇报自己的错误，因此造成的隔阂将是很难弥合的。如果当着面、关上门，正职和副职哪怕拍桌子、甚至骂娘都有可能很快烟消云散、重归于好，这是我当正职的深刻体会。

二是要有担当责任的勇气。正职要敢于承担责任，特别是副职工作上出现重大错误时，此时副职的心理压力会很大，有时担不起这个责任，这时候，正职应该挺身而出，勇于承担责任。这个时候，副职会从内心感激，认为正职够哥们儿，今后岂有不尽力之理。

三是要有协调平衡的艺术。正职要对一个团队全面负责，但事物的发展总会存在不平衡性，正职要注重做好协调平衡工作，把木桶的那块"短板"加长。多和分管"短板"的副职研讨工作、商讨对策、促进发展。另外，要注意协调好副职之间的关系，及时消除副职之间的矛盾。副职之间的矛盾加深肯定会影响团队的效率提高和目标的实现。

四是要有勤奋敬业的精神。勤奋敬业是正职理想和事业心的外在体现。例如，同样是参加春游活动，其他员工可以尽情地游山玩水，放松心情，而作为团队的正职，更多的是要考虑如何组织好这次活动，保证员工的安全，别人可以在车上睡觉，正职就不能安心地睡觉，而是要考虑许多问题。一个企业上下班作息时间主要是为普通员工制定的，作为一个负全面责任的正职，是不可能按时上下班的，起码在中国的国企是这样的。正职的勤奋敬业精神还可以起到弥补工作失误，平息员工怨气的作用。员工一般会对一个勤奋敬业的领导充满敬意。正职勤奋敬业的精神还会影响和感染副职和员工，在团队形成一种勤奋敬业的团队文化。

五是要有廉洁自律的品德。正职的廉洁自律意义重大，可以成为增强凝聚力和向心力的重要因素。正职廉洁自律的品德会影响副职和员工。尤其在企业创业初期和困难时期，正职的权威来自干得比谁都多，拿得比谁都少的精神。而一旦员工知道正职贪图了不义之财，这个团队的凝聚力就会丧失殆尽。

有一位知名企业家说过这样一句话："当好正职不易，当好副职更难。"根据我当副职的体会，我认为要当好副职起码要做到"四不"：

一是不推诿难事，为正职分忧。副职遇到难事，要尽力克服困难处理好难事，不能轻易推给正职，给正职增加忧愁，让正职有更多的时间和精力规划全局，考虑大事。

二是不随声附和，为正职补台。作为一个称职的副职，不应该是一个简单的执行者，而是正职智慧、学识、艺术、管理的补充者。每个人都是一个特殊的个体，正职和副职可能由于年龄、学历、专业、籍贯、性别上的不同，不可能不存在差异，副职要敢于发表自己与正职不同的意见，为正职补台。但要注意方法和场合，注意维护正职的威信。

三是不喧宾夺主，为正职聚焦。副职要维护正职的威信，不要去抢镜头，让镜头聚焦到正职身上，因为正职在很多公务活动过程中代表的不是他个人，而是这个部门或单位。副职即使取得了工作成绩，也不要过分渲染，而是应该多归功于团队集体。

四是不推卸责任，为正职减压。副职所分管的工作出现了失误或事故，要主动承担责任，不能推卸责任，主动为正职减轻压力。

一个团队的正、副职如果能够很好地做到以上的"五有"和"四不"，那么这个团队将会多一分和谐，少一分矛盾，增一分效率，减一分阻力。因为"五有"和"四不"中蕴含着中国传统文化和管理思想的精髓。

给别人留下尊严

有些人对物质看得很重，而多数人对尊严看得很重。为人处世，注意尊重别人的尊严，就会为人际关系注入润滑剂。尊重别人尊严，不一定是了不起的大事，有时就是日常生活中的小事。

朋友聚会吃饭，注意给别人让上座，这就是给了别人尊重；别人说话出现了误差，要注意纠错的方式，如不是原则问题，最好是把当时纠错改为事后纠错，这就是给了别人尊严；共同完成的任务，当说到成绩的时候，把别人的成绩夸大一点儿，自己的功劳缩小一点儿，这就是对别人的尊重。

朋友小李告诉过我一个关于如何尊重他人的案例。一次小李和爱人晚上散步回家，正好碰到同一单元的一位年纪较大的同志，他们走进了同一趟电梯，老同志在按了自己家楼层的同时，热情地帮他们按下了楼层号，但却按错了，而是按了他们家楼下的楼层号。当时，他准备当场纠错，此时，他夫人暗示了他一下，他立即明白了夫人的意思，不要当面让别人难堪，等老同志下了电梯后再更正。

这是一件很小的事情，却体现了对别人的尊重。也许会有朋友认为这种处理方式不恰当，对错应该分明，立即纠正按错电梯的行为是正确的，有话当面说也没有什么不好。我认为，处理这种无关原则的小事，没有对错之分，只有理解不同而已。

还有一件挺有意思的小事，一次我们几家约定到延庆游玩。

由于路况比预料的要顺畅，我们家按约定的时间提前到了指定地点，儿子提出："我们玩一会儿扑克吧，好久没有玩扑克了。"我说："可以。"儿子看见我们身边的石桌石凳说："你们先把位子占上，我去买两副扑克。"儿子走后，来了一位出来晒太阳的老人，坐在了其中的一个石凳上。我们自然不好去阻止老人的行为。儿子买来扑克后，我们四个人却只有三个凳子。面对这种情况，该如何处理？我思考了一下。可以与老人商量，请他让一下位子，其结果有可能老人会不同意；有可能老人会同意，但会不高兴。我采取的方法是：请老人与我们一起玩扑克。这时老人一看这情景，就知趣而愉快地说："我不玩，我坐在这里不方便吧，来，来，来，你们坐吧！我另换个地方。"说完就让出了石凳，到别的地方晒太阳去了。

我们对老人的让座表示了感谢，圆满地处理了缺少座位的难题。尊重他人体现在我们平时的日常生活中，尊重他人会使我们的人际关系更加融洽，心情更加舒畅。

尊重他人获回报

尊重他人犹如播下了善良的种子，当温度、水分合适的时候就会生根、发芽、开花、结果。

乔·吉拉德是世界上最伟大的销售员，连续12年荣登世界吉斯尼纪录大全世界销售第一的宝座，他所保持的世界汽车销售纪录：连续12年平均每天销售6辆车，至今无人企及。乔·吉拉德也是全球最受欢迎的演讲大师之一，曾为众多世界500强企业精英传授他的宝贵经验，来自世界各地数以百万的人们被他的演讲所感动，被他的事迹所激励。

乔·吉拉德成功的秘诀有许多，其中尊重他人是他成功的秘诀之一。乔·吉拉德总结了一个250定律：即不得罪一个顾客。他认为，在每位顾客的背后，都大约站着250个人，这是与他关系比较亲近的人：同事、邻居、亲戚、朋友。如果一个推销员在年初的一个星期里见了50个人，其中只要有两个顾客对他的态度感到不愉快，到年底，由于连锁影响就可能有500个人不愿意和这个推销员打交道，他们只知道一件事，不要跟这位推销员做生意。由此，乔·吉拉德行为准则是在任何情况下，都要尊重顾客，不要得罪顾客。

在乔·吉拉德的推销生涯中，他每天都将250定律牢记在心，抱定尊重至上的态度，时刻控制着自己的情绪，不因顾客的刁难，或是不喜欢对方，或是自己心绪不佳等原因而怠慢顾客。乔·吉拉德说："你只要赶走一个顾客，就等于赶走了潜在的250个顾客。"

乔·吉拉德认为，卖汽车，人品重于商品。一个成功的汽车销售商，肯定有一颗尊重普通人的爱心。他的爱心体现在他的每一个细小的行为中。

有一天，一位中年女士从对面的福特汽车销售商行，走进了乔·吉拉德的汽车展销室。她说自己很想买一辆白色的福特车，就像她表姐开的那辆一样，但是福特车行的经销商让她过一个小时之后再去，所以，先过这儿来转一转。

"夫人，欢迎您来看我的车。"乔·吉拉德微笑着说。女士兴奋地告诉他："今天是我55岁的生日，想买一辆白色的福特车送给自己作为生日礼物。""夫人，祝您生日快乐！"乔·吉拉德热情地祝贺道。随后，他轻声地向身边的助手交代了几句。

乔·吉拉德领着夫人从一辆辆新车面前慢慢走过，边看边介绍。在来到一辆雪佛兰车前时，他说："夫人，您对白色情有独钟，瞧这辆双门式轿车，也是白色的。"

就在这时，助手走了进来，把一束玫瑰花交给了乔·吉拉德。他把这束漂亮的玫瑰花送给了那位夫人，再次对她的生日表示祝贺。那位夫人感动得热泪盈眶，非常激动地说："先生，太感谢您了，已经很久没有人给我送过礼物。刚才那位福特车的推销商看到我开着一辆旧车，一定以为我买不起新车，所以在我提出要看一看车时，他就推辞说需要出去收一笔钱，我只好上您这儿来等他。现在想一想，也不一定非要买福特车不可，雪佛兰也挺好的。"

最后，她在乔·吉拉德那里买了一辆白色的雪佛兰轿车，并开出了全额支票。

这种尊重他人的行为，帮助乔·吉拉德创造了空前的效益，使他的营销取得了辉煌的成就，这就是尊重他人的回报。

第四章 ▶▶▶ 勇于负责

责任是指分内应做的事情，也就是承担应当承担的任务，完成应当完成的使命，做好应当做好的工作。

履行职责，承担责任是我们祖先的价值取向，崇尚责任、不耻塞责是中国传统文化的重要内容。我国古人对不同的岗位明确了不同的责任标准。一次宋高宗赵构问岳飞元帅："天下如何才能太平？"岳飞回答说："文官不贪财，武官不怕死，天下太平矣。"这位"精忠报国"的元帅对文武官员履行责任的重要意义作出了精辟的论述。对于文官来说，是掌握国家权力的重要岗位，掌握着国家的人事、钱财等稀缺资源。因此，廉洁奉公、效忠国家、服务人民是文官的责任所在。如果文官利用权力破坏制度、寻租权力、谋取私利，就会滋生腐败、引起民怨，天下就不得太平。而对于武官来说，其岗位责任就是抵御入侵、保卫国家、维护稳定。当国家面临危难、遭受侵略之时，就应当冲锋陷阵、舍生取义、视死如归。否则，如果武官贪生怕死、临阵脱

逃，那么国家就会灭亡。

一个人不仅在职场要履行责任，而且在家庭也要履行责任。我们的先辈提出父慈、子孝、友信的角色责任。只有每个角色都履行好各自的责任，家庭才能和睦。只有每个岗位，每个角色都履行自己的职责，整个社会才能顺利运行、和谐发展，国家才能繁荣昌盛，人民才能幸福安宁。

中华民族5000年的文明史，就是一部中国人民勇于担当、承担责任的历史。许多仁人志士"苟利国家生死以，岂因祸福避趋之"；许多英雄豪杰"捐躯赴国难，视死忽如归"；许多普通百姓"位卑未敢忘忧国"。他们以自己的生命和热血诠释着责任文化的真谛。当然也不难看到，渎职塞责者不乏其人，但他们最终逃脱不了人们的鄙视与唾弃。

春秋时期楚国的屈原大夫发出了"长太息以掩涕兮，哀民生之多艰"的感叹。屈原大夫忧国忧民、仗义执言，在君王疏远、奸臣陷害、报国无门、不能履责的情况下，毅然选择了舍生取义、投入汨罗江、死谏报国。屈原爱国履责的精神千古传颂。令人可喜的是，2000多年后的今天，以纪念屈原，弘扬爱国主义精神和责任文化为主旨的端午节已被我国政府列为法定节日，从弘扬爱国主义和责任文化在制度上提供了保障，将更加有利于责任文化和爱国精神千秋弘扬。

《礼记·儒行》向士大夫即知识分子提出了"苟利国家，不求富贵"的倡议，要求当代知识分子，小家服从大家，个人服从国家，以奉献国家作为自己的责任。众所周知，儒家文化长期占据中国文化的统治地位，这种"苟利国家，不求富贵"的导向，对于责任文化的形成和弘扬奠定了思想基础，发挥了重要作用。

诸葛亮在《出师表》中发出了："鞠躬尽瘁，死而后已""受任于败军之际，奉命于危难之间"的心声，以生命履行了复兴汉室，报效皇叔的历史责任，成为历代文臣武将的学习楷模。

宋朝名相范仲淹在《岳阳楼记》中写下了"先天下之忧而忧，后天下之乐而乐"的千古绝唱。范仲淹的一生富有传奇色彩，从寒士到高官，从中央到地方，学业刻苦、品行高尚、仕途曲折，但他始终不忘报国为民的神圣职责，常抱"处江湖之远则忧其君，居庙堂之高则忧其民"的情怀。范仲淹忧国忧民、不忘责任的精神成为后人的光辉典范。

宋朝宰相文天祥被捕后被关押在元大都天牢，写下了气贯长虹的《正气歌》，拒绝元人的高官厚禄、荣华富贵，爱国履责、从容赴死，彰显了宋朝宰相的气节，履行了臣子的责任，使浩然正气长存人间。

清朝学者顾炎武在清朝政府腐败堕落、外敌入侵的情况下，振臂而呼"天下兴亡，匹夫有责"，唤醒亿万同胞的责任意识，筑起保卫祖国的长城。

不惜生命，勇于担责，构成了中华民族的发展脉络，闪耀着炎黄子孙的智慧光芒。

不畏权势直笔历史

勇于担责是做人的品德，是角色的要求，是处世的本义。勇于担责之所以受到人们的赞许和崇敬，是因为勇于担责并不容易，意味着需要付出、奉献甚至生命的代价。我国历史上许多名垂青史的文臣武将，以热血和生命践行职责、担当责任。

褚遂良是初唐一代名臣，虽官居高位，却刚直不阿，兢兢业业地履行自己的职责。

有一天，皇上对他说："你记录每天发生的事情，以及我的言行，能否让我看看？"褚遂良答道："现在的起居记录，实际上是古代的左史和右史。好的、坏的都要如实地记录下来，以此告诫君王不要做错事情。从来没有听说过皇上看自己历史的。"皇上又问："我有什么过失，也要记下来吗？"褚遂良答道："坚守道义不如尽职尽责，我的责任就是记录您的一举一动，一言一行。"刘洎在一旁也说："即使他不记下来，天下人也会记录下来的。"

皇上做事也要谨慎，不能惹恼了百姓，天下是帝王的天下，更是天下人的天下。如果独断专行、倒行逆施、横征暴敛，势必引发民怨，失去江山。

太史是我国春秋时期记载历史的官吏的名称，直笔历史是太史的优良传统，勇于担责、坚持原则、刚正不阿是太史这一职业的操守，否则就没有资格担当此职。文天祥的《正气歌》一共提到了太史伯（春秋齐国）、董狐（春秋晋国）、张良（秦朝）、苏武（汉朝）、严颜（三国）、嵇绍（西晋）、张睢阳（唐朝）、颜常山（唐朝）、管宁（三国）、诸葛亮（三国）、祖逖（东晋）、段秀实（唐朝）等12位令人敬仰的历史人物，他们的浩然正气、高尚道德，名垂青史、流芳百世。所提到的12位历史人物中就有2位是直笔历史的人物，即"在齐太史简，在晋董狐笔"。其中

"在齐太史简"是说在齐国的大臣崔杼杀死国君之后，太史伯就秉笔直书，当即被杀。他的弟弟太史仲又勇敢地往竹简上书写，也被杀，他的第二个弟弟太史季毫不犹豫地再次往竹简上书写，崔杼只好摇摇头罢手了。而"在晋董狐笔"是说晋国的太史董狐为官廉正、刚正不阿，当时晋国的国君为晋灵公。晋国的正卿名叫赵盾，赵盾的弟弟赵穿杀死了晋灵公。赵盾又辅佐晋灵公的儿子晋成公做了国君，自己继续担任正卿主持国事。董狐记录这段历史时，在史册上写道："赵盾弑其君"。赵盾看后，大为不满，问道："晋灵公是被赵穿所杀，为何写成国君被我所杀？"董狐道：你是国家的宰相，肩负着国家大任，国君被杀之后，你只是伏尸大哭，再立新君，不去讨伐逆臣赵穿，你未尽到担当宰相的职责，因此，你就要承担弑君的罪名。孔子曾称赞董狐为"古之良史，书法不隐"。

当血淋淋的屠刀搁在脖子上，面对死亡威胁的时候，他们毫不犹豫地洒出自己的热血，抛弃自己的头颅，以牺牲自己生命的大无畏精神，坚持着要记下真实的历史，绝对不允许隐瞒和湮没任何有关的记录，这是何等坚贞的操守，何等高尚的品格，何等负责的情怀，他们的精神影响着一代又一代炎黄子孙。

责任重于生命

生命对每个人来说都只有一次，爱惜生命是人的天性。而有的人，将责任视为比生命还要宝贵，他们在生死攸关的时刻，将

自己的生命置之度外，以生命和鲜血诠释着责任的真谛。他们的死比泰山还重，人们永远不会忘记。

兰州空军飞行员李剑英就是其中的一位。2006年11月14日，李剑英驾驶某型歼击机，在训练结束下降途中，不幸遇到鸽群撞机。当时飞机上还有800多公升航空油，120余发航空炮弹，1发火箭弹，还有易燃的氧气瓶等物品，从鸽群撞击点到飞机坠毁点分布着7个自然村、一处高速公路收费站和一个砖瓦厂，共有814户，居住着3500多人。如果跳伞后的飞机失去控制坠入村庄，将会给人民群众的生命财产带来不堪设想的后果。

鸟撞飞机是世界性航空难题，每年都有不少民航、军用飞机因此遭遇空中险情和空难。通常情况下，飞行员在遇到类似特殊情况时，往往会报告"我撞鸟了，跳伞！"

此时此刻的战机，发动机转速下降，温度急剧上升，剧烈抖动，战机的高度平均每秒下降11米。时间在一秒一秒地流逝，险情在一步一步地加剧。按照规定，李剑英完全可以跳伞，但他意识到人民子弟兵的责任，他放弃了自身的安全，选择了危险的迫降。他凭着娴熟的技术将难以控制的飞机避开了村庄，向着无人的空地腑冲，当冲至39米处，不幸被高出地面3米多的水渠护坡阻挡。飞机撞击后悲壮地爆炸解体，他的血肉之躯融入了火海，献出了宝贵的生命。

飞机解体后发生的爆炸持续了两个多小时，爆炸现场距离最近的一位群众不到20米，幸运的是，没有一名群众受到伤害。

李剑英，以年轻的生命谱写了"剑刺长空，英名长存"的壮丽诗篇。

负责需要奉献精神

不同的岗位有不同的职责，只有各个岗位都履行好了各自的职责，整个社会才能良性循环、和谐发展。

责任就在我们身边，随时都在考验着我们。2006年的一天，我们单位请国务院国有资产监督管理委员会一位处长来集团公司作辅业改制知识辅导，我们部门综合处李副处长承担了接这位处长的任务，李副处长吃完午饭后提前将车洗得干干净净，开着干净整洁的车去接这位处长，尽管这是一件小事，但体现了李副处长的一份责任，因为她的车代表的是中国化工集团公司的形象。

下午培训结束后，已经是晚上7点多钟，这位处长家住在大兴的亦庄小区，考虑到路程较远，这位处长提出自己打车回去，我没有同意。我说您是我们请来的老师，再晚我也要负责送您到家，不能让您自己打车。尽管我没有去过亦庄，也知道路途较远，晚上我就不能安排别人去送，这就是我这个主任的责任。我开车去的时候有这位处长当向导，到了亦庄转了许多弯，我努力记住转弯处的明显标志。返回时还是转错了向，在请教了出租车司机后才找到了回家的路。这晚我到家11点多钟，尽管回家很晚，但我心里踏实，因为我履行了我应该履行的责任。

负责意味着付出与奉献。奉献历来受到人们的崇敬，人类社会的进步离不开奉献精神。如果没有全民族同仇敌忾与日本侵略者的浴血奋战，没有2200万优秀儿女献出宝贵生命，中华民族就有可能亡国灭种。如果没有钱学森、朱光亚等老一辈人深入戈壁大漠默默地付出与奉献，就不可能在短时期内研制和发射成功"两弹一星"，大振中国国威。如果没有全国人民的多付出，少收入，就不会有今天强大的国力，就不会有中华民族的崛起。

令人景仰的老船长

前几年美国影片《泰坦尼克号》风靡中国乃至全球，人们喜欢这部电影不仅是该影片投资巨大，聘请了国际巨星，制造了豪华的场景，而且在于它闪耀着人性的光芒。影片中不仅有露丝和杰克那短暂、浪漫、惊心动魄的生死恋情，在泰坦尼克号即将沉没之际，露丝冒着生命危险，返回船舱救出了杰克；而在寒冷刺骨的海水里，杰克将承载生命希望的木板让给了露丝，并用自己的生命之火温暖着露丝，守护着露丝，最后鼓励露丝好好地活下去，自己却被冻僵后沉入了大海深处，展现了爱情的光辉。

更加令人敬佩的还有那位忠于职守，视死如归的老船长，那位老船长在千万观众心目中留下了不可磨灭的印象。以至"船长"一词成为管理界勇于负责的代名词。面对触冰进水的泰坦尼克号客船，老船长再明白不过等待他的将是什么后果，作为一船的最高行政长官，他完全有条件自己逃生。而他却不顾自己的安危，井然有序地组织妇女、儿童乘坐救生艇撤离，使弱势群体得以生还。而他和他的乐队仍然坚持按时将应该演奏的乐曲认认真真地演奏完毕，好像在辉煌灿烂的大舞台上演奏一样。他们要用自己精彩的演奏，去安慰惊惶失措的逃难者，他们要用自己的行动，去显示人的尊严和人性的崇高，显示生命在消逝前夕惊人的瑰丽与辉煌。他们才是一群真正的男人，一群真正的男子汉，他们用自己的宝贵生命彰显了职业责任和人性光辉。

与杰克和老船长形成鲜明对照的是露丝的未婚夫，这个男人在生死攸关的时刻不仅忘记了与露丝的海誓山盟，而且采取卑鄙的手段自己逃生，因此而成为观众心目中的不耻之徒，他的丑恶行径永远被钉在了历史的耻辱柱上。

没有哲理思辨不上台

李燕杰老师因演讲出名在20世纪70年代，他是我国著名的青年教育专家，更是我国演讲艺术的泰斗，为共和国的"四大演讲家"（其他三位是曲啸、刘吉、彭清一）之首。

"青年是我师，我是青年友"是李老师的名言，李老师的演讲影响了我国几代人。他使躺着的文字站起来，他的演讲以立意高远、弘扬正气、哲理思辨、诗化语言、形式活泼震撼着国内外听众。听李老师的演讲是一种熏陶，一种享受，使人终生难忘。

2007年10月25日是李燕杰老师的79岁生日，几百名听众在北大百年讲堂聆听和目睹了身患癌症的79岁老人的演讲和风采。李燕杰老师2个多小时的演讲精彩纷呈、智思泉涌、妙语连珠。其中关于如何对听众负责的感言深深地打动了听众，也是李老师的演讲受到听众喜爱的秘诀所在。

李老师说，自己已经作了4000多场演讲，每一场演讲都认真准备，并且做到没有"哲理思辨"不上台。"哲理思辨"超出了演讲艺术的范畴，是演讲的一种最高境界，演讲者给予听众的不仅是一种热闹和激动，而是一种思想和启迪。李老师认为，听众抽出时间，有的从老远赶来听他演讲，只能让听众受到教育和启迪，不能让听众有后悔之感。

这就是一位教育家、演讲家的责任意识，值得我们好好品味、认真学习。一个有爱心的人，才会有责任，一个有责任的人，才会受到人们的尊敬，这就是简单的处世逻辑。

缺失责任感害人害己

履行责任需要做出奉献，却可以享受精神愉悦；逃避责任则有可能付出巨大代价，甚至危及生命。

前几年北京发生一起惊人惨案，一天晚上一个歹徒闯进在珠宝店工作的女工宿舍，陆续杀死了8名女工，却没有遭到一个女工的抵抗，8条鲜活的生命就这样从人间消失。

2006年5月21日中央电视台法制栏目报道：一天晚上一位男子喝酒后进入一所学校准备行窃，当他翻窗进入的是一间女生宿舍后便起歹意想强奸那些13~14岁的女孩。这是一间较大的宿舍，里面睡了21名女生。靠门边的一名14岁的叫小英子的女孩成了这名男子的首猎目标。小英子一开始仗着人多并不恐慌，与这名歹徒进行了很长时间的周旋，当她多次发出求救的信号后，其余20名女生却没有一人出手相助哪怕是出去呼喊求救，她们都不负责地把头蒙进了被子里，结果这名歹徒在这间女生宿舍里横行了3个多小时，给小英子等几名女生的身心造成了极大的伤害。

以上案例说明，在对学生进行知识教育的同时，还应该重视对学生进行责任意识教育，如果一个人漠视责任，受到伤害不仅是他人而且也可能包括其自己。在我们的现实生活中，履行责任，帮助别人就是帮助自己。

有个老木匠准备退休，离开建筑行业，回家与妻子儿女享受天伦之乐。老板虽再三挽留技术精湛的木匠师傅，但木匠师傅的决心已下，老板只得答应，但问他是否可以帮忙再建一座房子，老木匠答应了。

在盖房过程中，大家都看得出来，老木匠的心已不在工作上了，用料也不那么讲究，做出的活计也全无往日的水准。老板心知肚明但没有说什么，只是在房子建好后，把钥匙交给了老木匠。

"这房子是我送给你的礼物。"老板说，老木匠愣住了，他的后悔与羞愧大家也看出来了。他这一生盖了多少好房子已经不计其数，最后却为自己建了一幢粗制滥造的房子。

其实，我们每时每刻都在为自己建造着生命的归宿，今天的任何一个不负责任的后果，都会在以后的某个地方等着我们。

当今社会不讲诚信、缺失责任、假冒伪劣已经成为人人喊打的社会公害。沸沸扬扬的红心鸭蛋风波还未平息，封杀有害多宝鱼的事件又起狼烟，更有三聚氰胺奶粉事件将中国人的形象抹黑。这些年爆出的食品安全问题令人毛骨悚然，瘦肉精、霉变米、硫磺薰的木耳、残留农药超标的蔬菜、工业酒精勾兑的白酒、避孕药喂养的鳝鱼……如此等等，不一而足。

在经济快速发展，科技日新月异的今天，食品安全危机几乎无处不在，消费者随时都有受到伤害的可能。

公正地说，我们不能说食品、工商等相关部门没有努力。可能存在少数渎职人员，但多数还是认真负责的公务员。食品安全问题为什么得不到解决，看来不是一个简单的问题，而是一个复杂的系统工程。有的朋友可能会说，其原因是法制不全，执法不力，惩处不严。这些说法可能都对，但又不全对。我想除了法律、行政、经济层面之外，不能忽视道德层面的作用。之所以会有含有苏丹红的红心鸭蛋和含有三聚氰胺的奶粉是因为经营者的人心黑了，道德败坏了。

我们的食品、工商等职能部门乃至全社会，都应该重视弘扬中国传统文化，加强道德建设，对经营人员不仅仅是依法交税就够了，而应该对他们进行从业入门前教育。要让这些经营人员知道，造假失信受害的不仅是他人，而且也是自己。要让经营苏丹红红心鸭蛋和含有三聚氰胺奶粉的人明白，尽管你自己知道不会吃红心鸭蛋和三聚氰胺奶粉，但你不能不吃猪肉、大米、木耳、白酒，如果经营人员都黑心的话，整个社会都难免遭到伤害，这就是你在伤害别人的同时，别人也在伤害你。要走出这个相互伤害的怪圈，就应该从我做起，从现在做起，负起责任、诚实经营、合法获利，唯此社会才能和谐、稳定。由"我们还能放心吃什么？"到"什么都可以放心吃！"还有一个漫长的过程。需要你我他的共同努力。

青岛双星集团总裁汪海在培育企业文化的同时，与时俱进，建立健全了适应国际化经营和市场经济的体制机制。对作出突出贡献的员工给予重奖，有的员工一年的收入可以达到五六十万元，比他的收入要高得多。他们还出台了一项别出心裁的制度，即谁生产了不合格的产品谁自己负责买回去。这一制度执行了10多年，取得了很好的效果。因此，这家每天生产10多万双鞋子的企业却没有一个质验员，这可能在世界上也是绝无仅有的企业。

我们靠什么力量来引导员工？责任心是领袖的核心力。

日本"八佰伴"倒闭，和田一夫用全部的家当来赔偿，一点也没有隐瞒。有人问他为什么要这样做时，他说："一个企业家可能会碰到经营上的失败，但不能失掉诚信和责任，如果失掉了诚信和责任那就永远都不会有东山再起的机会了。"这不仅是经营之道，而且是处世哲学。

第五章 ▶▶▶ 广交益友

　　人是社会关系的总和。我们每个生活在社会中的人都离不开与人打交道，都离不开朋友。风靡全球的世界名著《鲁滨逊漂流记》中的主人翁鲁滨逊在航海时触礁，只身一人在荒岛上生活了十多年，后来与一位名叫"星期五"的土著人为友帮助他战胜天灾人祸，最后回归社会。

　　随着科技的发展和信息的通畅，时间在缩短，空间在变小，分工更细化，竞争更激烈，更加需要依赖他人帮助我们获取外界的信息和资源。我国有句俗话叫做："多一个朋友多一条路，多一个对头多一堵墙。"当今有句流行语叫做："人脉即财脉。"都说明一个人要想实现理想，成就事业，离不开朋友的帮助，需要从古今中外的智者身上学习和借鉴交友之道，广交益友，营造良好的人际环境。

成就事业需要益友

在科技发展日新月异的今天，人类知识浩如烟海，一个人穷其一生，也难以精通几门知识，而交几个朋友则不需要花太多的时间和精力，如果遇到某方面难题，就可以请某些朋友帮助化解。

诸葛亮历来是我国文臣武将的楷模，是中华智慧的化身，诸葛亮的交友之道值得我们学习借鉴。

诸葛亮虽然身居襄阳山区，从事农耕生产，但他在襄阳时不仅广交朋友，而且善交益友。当时襄阳的八大家族，只要有机会接触，他都尽可能多接触。在襄阳景升学院的师生当中，只要有共同志向的人，他都了解对方的观点、知识与才华，看其能否成为进一步深交的朋友。他交结的益友甚多，而且都是当时的大腕级人物。因此他信息通畅、人脉茂盛、资源广泛，国家大势了然于胸，当时虽然诸侯林立，但三国鼎立的格局早在他的战略规划之中。

当刘备三顾茅庐与诸葛亮进行隆中对时，诸葛亮的一番神侃，令刘备心悦诚服、相见恨晚。如果诸葛亮没有这么多益友，没有对国家大势的了解研判，没有复兴汉室的宏伟志愿，恐怕刘备也不会如此敬重这位村夫。

下面我们来认识诸葛亮的其中几位益友。

先说崔州平。这是诸葛亮在襄阳最初结交的好友。据诸葛亮讲，通过与崔州平的交往，让他受益匪浅，"屡闻得失"。然而，崔州平是诸葛亮当年研究经国之道的朋友当中唯一一位没有走上仕途的世外高人，也是诸葛亮多年之后，依然怀念的故交。

再来说说石广元。据《魏略》讲，建安十三年，曹操占领荆州后，石广元与徐元直一起来到北方，"至黄初中，韬历仕郡守、典农校尉"。诸葛亮眼光不错，在隆中时就预见石广元可官至郡守。同时，也说明当时的魏国在干部管理上量才使用；在考察干部的德才上，是公允的，跑官、买官的人大概不是很多，为真才实学者留下了一定的空间。诸葛亮在与石广元的交往中受益颇多。

再来看看孟公威。孟公威在凉州刺史的岗位上干得不错，颇有口碑，因而升至征东将军，大约属于省军级干部。其官运要比徐元直和石广元好得多。诸葛亮少年时从孟公威身上也学到了不少知识，增长了不少见识。

最后说说徐元直（徐庶）。诸葛亮在四位少年朋友中，对徐元直尤其看重，评价甚高。他在成名之后多次提到徐元直，并在谈交友的时候讲，"后交元直，勤见启诲"。可见徐元直对诸葛亮的帮助最大。徐元直为人侠肝义胆，是四个人当中最够哥们的一位，是他向刘备推荐了诸葛亮，为诸葛亮出山甘做铺路石。后因为母亲成为曹操的人质不得不离开刘备来到曹营，但徐元直终不为曹操出一计，"身在曹营，心在汉"的典故就出自徐元直。

诸葛亮还极力推荐朋友为国出力，他从襄阳带走了一大批青年才俊，这批人作为诸葛亮年轻时的朋友，成为日后蜀国的重要领导干部。例如，庞统通过诸葛亮的推荐，担任了刘备所辖三军的副总参谋长。还有马良、马谡、向朗、向宠、向充等襄阳才俊均通过诸葛亮推荐入仕蜀汉。

不难想象，青少年时期的诸葛亮身边有这么多品德高尚，才华出众的益友，无疑是他人生成长和事业发展的重要资源。

据有关专家的研究表明，世界上赚钱最多的人群是善于交际，益友较多的人群。许多在事业上成功的人士都善于建立并利用人脉关系，建立自己的人脉资源网络。

日本三洋电机的总裁龟山太一郎就是一个很好的例子。他被同行誉为"情报人"，对于情报的汇集别有心得，最有趣的是他自创一格的"情报槽"理论。他说："一般汇集情报，有从人身上、从事物身上获得两个来源。我主张从人身上加以汇集。如此一来，资料建档之后随时可以活用，对方也随时会有反应，就好像把活鱼放回鱼槽中一样。把情报养在'情报槽'里，才能随时吸收到足够的营养。"

日本前外相宫泽喜一有个闻名的"电话智囊团"。宫泽在碰到记者穷问不舍时，往往要求给予一个小时的时间考虑。如果碰巧在夜里，则只要一通电话就可以得到满意的答复，这些答复来自他的10名智囊团成员，也就是他交的益友。

一个人思考的时代已经过去了，建立品质优良的人脉关系网，已成为决定事业成败的关键，因此，广交益友是成就事业的重要因素之一。

旱时一滴胜甘霖

"久旱一滴胜甘霖，醉后添杯不如无"出自《增广贤文》。说的是对朋友的帮助，应该是在朋友最需要的时候，这样的帮助才弥足珍贵。在交友时应多"雪中送炭"，少"锦上添花"。一个春风得意、高朋满座的人对一般的投其所好，可能并不在意，所投入的人情及财物很有可能当作了分母，打了水漂。而一个人在穷困潦倒、陷入困境的时候，哪怕是一点小小的帮助，也会使朋友铭记在心、终身不忘。我国历史上流传着"截发留宾"和"雪中送炭"的典故，赞颂了交友的真诚，值得后人学习。

"截发留宾"的典故发生在晋朝时期，有一位叫陶侃的少年，他出身贫穷，父亲早逝，与母亲相依为命，母亲十分贤能。一天，当时的名士范逵来到他家投宿，陶侃感到十分荣幸，同时又为家中缺柴少粮而犯起愁来，范逵见此情景，感到有些过意不去，便想另找人家投宿。陶侃的母亲深明事理，立即让儿子留住宾客，自己则拿出剪刀，剪下一把头发，卖掉后换来大米，同时将房屋的柱子砍去一半作为柴火，宰了家里生蛋的母鸡，很快饭菜准备就绪。范逵十分感谢他们的热情款待，回到洛阳后，到处称赞陶母的贤德，向官府推荐了陶侃，成为陶侃生命中的贵人。

"雪中送炭"的典故说的是清朝著名小说家吴敬梓在写《儒林外史》时，家里生活极其艰苦，冬天一到，家里没钱买炭取暖，屋子冷得像冰窟，他就是在这样的条件下坚持写作的。有一年秋天，由于连日阴雨，吴敬梓一家的日子十分难过。吴敬梓有个朋友叫程丽山，见天气不好，就让儿子给吴敬梓家送去钱和米，以解燃眉之急。吴敬梓正躲避漏雨，缩在墙角里写作，听程丽山的儿子说明来意后，连声说："程大哥远道送米送钱，真是雪中送炭啊！"

吴敬梓成名后，每当听到人们赞扬，总是提起程大哥在困难时给予他的帮助。

毛泽东的交友三原则

毛泽东不仅是一位指点江山，雄才大略的伟人，而且是一位善于交友，看重情义的平常人。毛泽东待人接物很有人情味，并有自己一套至诚、至信、至义的交友"三原则"。

一是交友至诚。

至诚相交，倾之肺腑，这是毛泽东私交的出发点。在交友过程中，毛泽东从不以领袖自居，而是以一个普通人的身份，与人平等相处。

以美国记者埃德加·斯诺为例，这个1936年就冲破重重阻力，冒着生命危险，在红色区域进行采访的第一位西方新闻记者，在与毛泽东初识后，便对毛泽东广博的知识、睿智的头脑、简朴的生活产生了浓厚的兴趣，憋了一肚子的好奇要问，于是列出了一大串问题要请毛泽东回答，但很快又为自己爱追根究底感到不好意思。毛泽东好像看透了他的心思，爽快地说："如果我索性撇开你的问题，而是把我的生平故事讲给你听，你看怎么样？"斯诺求之不得，于是，他们一谈就是十几个晚上。正因为毛泽东的坦诚相交，才使斯诺对毛泽东和中国革命有了一个比较全面而深刻的了解，才有了轰动世界的真实报道《红星照耀中国》（又译作《西行漫记》），扩大了中国共产党在全世界的影响。

二是处友至信。

处友交友，以信为本，这是毛泽东私交的支撑点。在交友的过程中，毛泽东特别重信义、讲信用，不失信于友。他说："权力不可用于私人之交谊，用于私人之交谊则绝对无效。"

毛泽东对书法颇有研究，尤其爱看书法书。有一次，听说老朋友黄炎培那里有一本王羲之的真迹，便借来研读，说好期限一个月。一个月的期限到了，毛泽东将王羲之的真迹用木板小心翼翼地夹好，交代警卫零点前必须送到。警卫尹荆山说："黄老那边已经说过，主席只要还在看，尽管多看几天没关系。"毛泽东摆摆手："送去吧，讲好一个月就是一个月，朋友交往要讲诚信。"

三是待友至义。

重情重义，有恩必报，这是毛泽东私交的又难能可贵的特点。在交友的过程中，毛泽东十分讲义气，并不因时间、地点、身份、环境的变化而冲淡友情。朋友有了困难，总要尽力给予帮助。

以章士钊为例，1920年春，毛泽东为筹集建党经费及送部分同志赴法勤工俭学急需一笔数额较大的费用，便到上海向章士钊求援。章士钊帮助募集了20000银元交给毛泽东。毛泽东一直没有忘记这件事。于是，从1963年开始，每年旧历正月初二，毛泽东便派一位秘书送上2000元钱到章士钊家里，一直送到1972年满20000元。1973年，毛泽东说，这个钱不能停，还要还"利息"呢。于是仍然每年派秘书送去2000元，直至章老谢世。

毛泽东的交友三原则彰显了一代伟人的人格风范，也是他的伟大人格的重要组成部分，为后人树立了光辉典范。

谁是最可贵的朋友

据不完全统计，朋友的种类多达十多种，如牌友、球友、酒友、益友、损友、诤友等，人们普遍认为诤友，即敢于当面批评的朋友，是难得的朋友，像唐朝的魏征之于唐太宗。其实现实生活中还有比益友、诤友更难得的朋友，至于叫什么名字，暂无定论。

一次我与北京市某局的一位局长和几位处长聊天，大家放开思绪，共叙人生。从烹调谈到读书；从养生聊到交友。这位局长的率真让大家敬佩有加，尤其是她的一番交友之道更让人折服。

她说：谁是最可贵的朋友？不是在你困难时给你帮助的人，也不是在你流泪时递给你手绢安慰你的人，而是在你取得成绩时真心为你高兴的人。

此话确实非常哲理。对于弱者的同情是普通的人性，人们在帮助弱者时会得到一种快感和自尊，这对许多人来说是容易做到的。而当具有临近性的人得到提拔、获得荣誉时，能够从内心感到高兴的人更属难得。

具有嫉妒之心也是普通的人性。别说一般的同事，就是亲戚也不例外。有一位学者曾经说："当年你考上大学时最嫉妒你的不是别人而有可能是你的姨妈和舅舅，因为他们在想为什么你能考上大学，而他们的孩子没有考上大学。"

嫉妒之心是人类的一大危害，既疏远了亲戚之间的亲情，破坏了朋友之间的友情，也伤害了自己的健康，还影响了社会的进步。我们在交友过程中要保持清醒的头脑，掌握识人的标准，不要被假象所迷惑，懂得珍惜真正的朋友，才能赢得精彩的人生。

请记住：一个能为你取得成绩而真心高兴的人才是你最可贵的朋友。

广交益友的价值

人生需要广交益友，是因为益友对我们有价值，有价值的事情才值得追求。益友的价值至少可以体现在以下几个方面。

一是益友可以帮助我们成就事业。如果没有恩格斯的真诚支持，马克思不可能完成《资本论》巨著，也不可能成为无产阶级的革命导师。马克思和恩格斯成为全世界交友的楷模。胡雪岩没有王有龄和左宗棠的支持也不可能成为红顶商人。穷困潦倒的王有龄如果没有胡雪岩的支持不可能官至巡抚；左宗棠如果没有胡雪岩的鼎力相助也不可能取得收复新疆的历史功绩。每一个有点成就的人在自己的生命历程中都离不开朋友的支持、帮助和关心，一般来说，每个成功的人士都离不开贵人相助和恩师指导。

二是益友可以使我们获得身心健康。根据马斯洛的需要层次理论，当人满足了生理和安全的需要之后，会有社交的需要，尤其是交友的需要。心理学家研究表明，交友有利于身心健康。当一个人把一份快乐告诉一个朋友，则变成了两份快乐；而把一份痛苦告诉一个朋友，则会减少一半的痛苦。也就我们平常说的把压在心里的话说出来，心里会好受一些。有的专家强调："绝大多数疾病都是'社会疾病'，社会关系改变会导致人的心理变化，因而决定了一个人对疾病的抵抗力。没有宣泄压力渠道的人，容易患与压力相关的疾病，另外，能舒解压力的人，通常对疾病有较强的抵抗力，社会支撑力在某方面保护了我们的健康。"

三是益友可以提高我们的工作效率。人生短暂，精力有限。交一个益友比学一门技术容易得多。一个人的价值不在于拥有多少资源，而更在于能够支配多少资源，其中益友是一种重要的资源。交的益友越多，你的资源就越多，你的工作效率就会越高。例如，我们交了一些计算机、化工等方面的益友，遇到有关这方面的问题，一个电话或一个短信他们就会帮我们解决，使我们的工作效率更高，竞争能力更强。

交友的理念与技巧

有些青年朋友说，我也非常希望广交朋友尤其是交到益友，尽管作了较大努力，但却很难交到益友，如何才能交到益友呢？我在这方面有过一些实践和思考，我曾在"贤文书友会"讲过"品贤文谈交友"的讲座，现将一些不太成熟的交友理念与技巧与读者朋友分享。

一是不图回报。如果以索取和功利为出发点交朋友，将会失之毫厘，谬以千里。朋友不是生意场上的买卖人，也不是合同中的甲方、乙方。朋友之间的权利与义务是不对等的，至少在短期内是不对等的关系，不是一种等价交换关系。许多人与朋友反目为仇，主要是没有弄清朋友的性质，把朋友当成了买卖人和甲、乙方。在处理朋友的关系时要奉行"施惠勿念，受恩不忘"的理念。这句《增广贤文》有两方面的含义，一方面是帮助了朋友不要念叨，而是要把它忘掉，不要等着朋友来回报；另一方面若受了朋友的恩惠，要"滴水之恩当涌泉相报"。拥有这种理念和心态才能处理好朋友之间的关系。

二是以诚待人。儒家"五伦"的原则之一就是"朋友有信"，即对待朋友要讲诚信，说话算数。古人常讲："君子一言，驷马难追""人而无信，百事皆虚"。交朋友要是一说一，是二说二，不能欺骗朋友，一旦朋友知道你不讲诚信，欺骗了他，你们之间的朋友关系也就有可能走到了尽头。

三是保持弹性。对待朋友不能求全责备，要适当保持弹性。对于看不顺眼的人也许多看两眼就顺眼了；对于兴趣不同的人也许多接触几次就有共同兴趣了；对于话不投机的人也许多交谈几次就投机了；对于使你不愉快的人也许调整好自己的心态就会愉快了。因为失去一个朋友是很容易的，而要交一个好朋友则是很难的。

四是放低身段。俗话说："水往低处流""人有虚荣心"。人都希望受到尊重，这是人的共性。在交友的过程中放低身段就会得到朋友的认可。例如，见了朋友主动打招呼；酒席上让朋友上座；上楼梯时让朋友走在前面，下楼梯时让朋友走在后面，有利朋友的安全；朋友来拜访我们，送朋友到楼下等。尽管都是一些细节问题，却能决定我们交友的成败。否则，因为小节问题容易得罪朋友。

五是见贤思齐。一些朋友身上好的品德、学识、技艺值得我们虚心学习。当我们随时怀着尊重之心、谦虚之心、求知之心时，就是在确认生活的优点和价值。当我们意识到了生活中所有美好的人和事物，就是和伟大为伍，就会使自己心胸开朗、健康向上。

六是主动示好。我们每个人都有很丰富的资源，如你的微笑、赞许、欣赏等，这些都是你在社会上行走，交朋结友的通行证。但我们经常可以看到不少人没有认识到自己资源的富有，而把自己当成了"乞丐"，吝啬得像巴尔扎克笔下的葛朗台。有些人整天板着脸，好像世界上所有的人都欠了他的钱没有还一样，舍不得给别人一个微笑、一句赞赏、一点掌声。如果能够主动给朋友一个微笑、一句赞赏、一点掌声，那么天空会更蓝、冬日会更暖、关系会更和谐、心情会更愉快。

七是利用平台。交朋友的方式有许多，现代人拥有更多平台，如网络、派对、沙龙、酒会、婚礼，还有讲座、研讨会、洽谈会、会展等。有条件的话应该多参加一些自己感兴趣活动，利用交友平台，多交一些志趣相投的朋友。交友的方式可以为辐射状态，即将我的朋友介绍给你，将你的朋友介绍给我，这样朋友的数量将成几何级数增加。

八是化解僵局。朋友相处，并不都是融洽快乐的，也难免有误会、有摩擦、有纠纷、有争吵，这都属于正常现象。遇到这种情况，就应该主动化解矛盾，解释原委，一般的情况下会"精诚所至，金石为开"。解决了矛盾之后，又会使朋友之间的友谊升华。俗话说："不打不成交"就是这个意思。

九是建立档案。我们每个人都交了不少朋友，这是一笔宝贵的资源，如何利用好这些资源，就是一个经营管理的问题。就像一个很大的屋子里堆满了东西，并且摆放没有规律，要找的东西往往找不到。朋友也是一样，一些人收到了很多朋友的名片，但都堆在了抽屉里，处于一种无序状态，有事想找某个朋友时却很难找到，难免会有"人到用时方恨少"的感觉。如果是这种状况，那就赶紧行动，亡羊补牢吧。建立一套朋友档案，将你朋友的名片井然有序地放在你可以随时找到的地方。例如，建立乡友、同学、同行朋友的档案，并且经常保持联系。另外社交活动中收到的名片或签名要及时整理，不应把这些名片丢掉，应该在名片上尽量记下这个人的特征，以备下次再见面时能一眼认出，叫出名字。一眼认出和记住别人的名字是成功交友的一大秘籍，会收到意想不到的良好效果。因为，每个人都会在意尊重自己的人，并且乐意与对自己有好感的朋友深交下去。

十是远离小人。物以类聚，人以群分；近朱者赤，近墨者黑。一个人，如果交了一个好朋友，会受益终生；如果交了一个坏朋友，会招来无尽的烦恼，直至毁灭整个生命。交友是一个动态的过程，要不断地结交新朋友，但每个人的时间和精力都是有限的，经营朋友也是有成本的，起码需要时间成本，因此，亲密朋友的数量是有限的，非亲密朋友有一些就会慢慢退出朋友的行列。但是，有一种人是要主动远离的，那就是"小人"，所谓的"小人"就是那些品德不良的人，具体来说就是那些挑拨是非、损人利己、虚伪失信的人，对待这种人也用不着去得罪他，婉言拒绝、主动远离他或她就可以，"恶人自有恶人磨"，让比他或她更恶更狠的人去对付他或她好了。

如何广交朋友，结交益友是处世成败的一个重要和复杂的课题，值得认真体味、感悟、研究，在人生的不同阶段会有不同的策略。

本章的题目之所以叫做"广交益友"，而没有叫做"广交朋友"，我是经过一番斟酌的，广交益友是广交朋友的更高层次，是由注重交友数量到注重交友质量的升华。如果没有一定的数量也就无所谓质量，如果数量过滥也会影响质量。

在我接触的朋友特别是年轻朋友中，交朋友的欲望非常强烈，为了广交朋友花去了许多宝贵的时间和精力甚至费用，但到头来还是陷入困境，既没有交到真诚的好朋友，又影响了自己的本职工作。根据我的深切感悟，交友的基础是自身的品德、学识和才能，如果没有一定的素养，没有看家本领，不能使自己强大起来，朋友之间的关系是不牢靠的。一般来说，人们谁都不愿与一个不学无术的人成为朋友，因为，别人在与不学无术的人交往时不会得到裨益，只有浪费时间。

因此，要处理好广交益友与强大自己的关系，强大自己是主要矛盾的主要方面，决定着事物的性质和发展方向。因此，强大自己才是最重要的。在强大自己的同时，开阔眼界、真诚待人、注重艺术，就不难建立人脉资源，结交生命中的贵人。请读者朋友永远记住一句古老而有新意的话："稀泥巴永远糊不上墙"。

人情天大，头顶锅卖

我小时候，我外公经常教育我："人情天大，头顶锅卖""在家不会待宾客，出外方知少主人""客来主不顾，应恐是痴人"等传统文化，我外公是这么说的，也是这么做的，当时尽管家里比较贫穷，但招待客人却是尽其所能，如有客人来家用餐，那时市场上无法买到荤菜，就是家里唯一生蛋的老母鸡也要杀了以招待客人。外公的言传身教使我深受影响，我也非常喜欢交友待客。令我特别欣慰的是逢年过节，我都会收到许多贺卡。现在电子邮件和手机短信风行之后，则逢年过节都会收到许多祝福的邮件和短信。

我于2003年6月至2005年3月期间任信息早报社总编辑，主持报社工作，这期间是中国股市最低迷的时期，由于我们重视交友，不断扩展人脉关系，报社依然业务红火，贵客盈门，这段岁月使我难以忘怀，一批朋友的身影常常浮现在我的眼前。

2004年3月，信息早报社在北京市九华山庄召开了全国发行工作会议，尽管当时股市行情不好，但全国20多位发行经理接到通知后都按期参会。我们全力以赴地安排好会议，接待客人，尽好地主之谊。我在发行会上提出信息早报社就是各地发行商在北京的办事处，就是他们在北京的"家"，只要到了北京一定要"回家"看看。因此，各地的发行经理只要到北京都会到信息早报社来坐一坐，吃顿便饭，聊聊天，交流信息，拓展业务。

只要知道他们来到北京，我们也都会主动邀请他们到报社来做客。我们与发行经理建立了密切的关系，他们把《信息早报》当作自己的报纸在发行，《信息早报》在股市极度低迷的情况下仍然保持了较好的发行业绩，与全国各地发行商朋友的鼎力支持是分不开的。我们之间既以经济合同为纽带，更以朋友感情为基础，因此建立了牢不可破的合作关系。

当时我们信息早报社在北土城西路9号7层办公，由于大楼没有电梯，走上7层对我们天天在这里上班的人来说习以为常，而对许多坐惯了电梯的人来说，走上7层就有点费劲。为了感谢朋友和客户对我们的支持，我给自己定了一个不成文的规矩：只要是京外来的或年龄比我大的客户和朋友到我的办公室，我都要亲自把他们送到楼下。如果他们执意不让，我就会说，正好爬爬楼梯锻炼锻炼身体。就是这样一个细节，为我们报社深交了不少朋友，化解了不少矛盾，赢得了不少业务，因为，真诚是人际沟

通的通行证。

　　我到信息早报报社后，开展了"读者评报"活动，鼓励读者朋友为我们的报纸挑错误、提建议。通过开展这一活动，为我们提高报纸质量起到了积极作用。在这个过程中，有不少读者朋友直接给我写信，我对每一封来信都认真阅读，有的委托编辑部代我回信，有的由我亲自回信，做到对每一封来信都会有反馈。一年多时间以来，我与全国各地的许多读者进行过信件、电话联系，解答他们的困惑，以及讨论报纸的改进。其中一位西安市的老读者老先生成了我从未见面的老朋友，老先生多次来信对《信息早报》的内容提出改进建议并对我撰写的《贤文与股市》栏目给予肯定。有一封来信是这样写的："叶建华先生，您好，作为一位贵报的老读者，在新的一年即将到来之际，祝贵报在新的一年里更上一层楼。《贤文与股市》栏目办得不错，股市规范不但要在制度上，而且要在道德行为上，要适当增加一些像《贤文与股市》这样的文章，可以调剂股民的精神，增加对股市的理解。"我多次与老人通电话，虚心征求他对报纸的改进意见。那年春节前夕，尽管我的工作比较繁忙，但我没有忘记给谢老先生在内的一批读者朋友寄去贺卡，表示对他们新春的祝福。

　　2005年1月15日，我们与江海证券、新思路、搜狐财经联合举办的"中国股市2005年第一季度走势研讨会"在哈尔滨如期举行，大家都知道，这是中国股市长期低迷，跌入5年新低的日子，股市的环境比哈尔滨的冬天还要寒冷。业内资深人士陈钢戏称："没有想到，在这样的时候还有媒体和证券公司在搞研讨会，莫非是疯了。"但他一接到我们的邀请，仍欣然从上海飞到了哈尔滨。江海证券中宣街营业部尽管2004年经营形势并不乐观，但陈明祥总经理为了履行诺言，还是联合石头街道营业部总经理史青筠、新思路公司总经理董智、哈尔滨波涛书刊发行公司总经理李涛、《生活报》证券部主任傅强等朋友一道做好东道主，我们又一次领略了东北人的热情。他们为会议作出了周到的安排，花了不少的费用。我是学经济学专业的，对这种行为，单纯靠经济学的原理是很难找到答案的。还有中国证券业协会理事、中国证券业协会分析师委员会副主任委员、万国测评董事长张长虹、渤海投资董事长周延等业内专家也拨冗破费赴会，我想他们更多的是为了责任和情谊。

哈尔滨波涛书刊发行公司总经理李涛不仅努力做好《信息早报》在黑龙江省的发行工作，而且经常关注《信息早报》的内容改进，并动员其父亲——一位报界前辈为《信息早报》的改版出谋划策。2005年1月15日，我在哈尔滨主持《信息早报》"中国股市2005年第一季度走势研讨会"时，得知李涛的父亲生病，尽管我的行程安排得很紧，我和总编室主任张海冰仍坚持在赶往机场之前挤出时间去看望了老人家，表达我们信息早报社全体员工对老人的真诚祝福，令老人和他们全家都感动不已。

我们《信息早报》之所以能在困境中发展，主要得益于各方朋友的信任与支持。我们与搜狐财经及北京、上海、沈阳、杭州证券公司从2003年开始先后在北京、杭州、青岛、上海、沈阳、吉林、哈尔滨等城市举办了"中国股市季度走势研讨会"。因此"中国股市季度走势研讨会"成为《信息早报》的一个响当当的品牌，在这个品牌下聚集了一批中国股市精英，这批精英也

成了我的好朋友。

尽管我已离开证券行业多年，但还经常与圈内的朋友保持联系，不断延伸我们的友情。

交上损友后患无穷

齐桓公因为交结了鲍叔牙、管仲等益友成就了他的霸业，而晚年，他因为没有听从管仲临终前的劝告，信任和重用了易牙、竖刁、启方等损友，没有认清奸臣的本性，以致这位辉煌一时的春秋首霸死得很惨，不得善终，这是他一生中最大的失误。

管仲得了重病，临终之时，齐桓公再三讨教遗言。管仲说："我死之后，鲍叔牙不能接替我的职务，鲍叔牙是个好人，但太过于耿直，得罪了不少权臣，如果让他为相，必定会被小人所害。隰朋是最合适的接班人。这位兄弟眼光远大、谦虚谨慎、勤奋敬业、践行仁义，有他接班，齐国无大碍。"齐桓公不断地点头称是，眼看管仲精神不济，想要请教的事情很多，就问管仲还有什么要交代的吗？

管仲强打精神，拉着齐桓公的手，意味深长地说："齐王除了要亲近贤者之外，还要远离小人，才能不为小人所害啊！"

齐桓公说："请仲父明示！"

管仲说："千万不要亲近易牙、竖刁、启方之流小人。"

齐桓公说："易牙杀了自己的亲生儿子，蒸熟了肉，让寡人吃，这样的人还值得怀疑吗？"

管仲说:"人的本性,不应当不爱惜自己的亲生骨肉。易牙连自己的亲生骨肉都可以狠心下手,这样的人,对君主有什么忠心可谈呢?"

齐桓公听了点头称是。

齐桓公又说:"竖刁自愿阉割自己,进宫伺候寡人,这样的人,应该是忠心耿耿的啊?"

管仲说:"人之常情,应该爱惜自己的身体,竖刁对自己的身体都忍心相残,对君主又有什么做不出来的事情呢?"

齐桓公听后点了点头,又问:"启方伺候寡人15年了,他的父亲死了,他都不愿意回去奔丧,这样的人,难道还不是忠心的吗?"

管仲回答说:"人之常情,做儿子的没有一个不爱自己父亲的,启方对自己父亲的死亡不是无动于衷,而是不敢向你提出回国的想法,其实心里是怨恨大王您的。这样的人,有什么忠心可言呢?"

齐桓公听后,认为言之有理,连连点头称是。

管仲留下临终遗言,叹了一口气,便离开了人世。

齐桓公听了管仲的话,激动不已,立即将易牙、竖刁、启方等几个佞臣发配到了外地。可是,没有过多久,他就不顾许多大夫的反对,又把他们重新招回宫中,官复原职,得以重用。

不久,齐桓公病了。易牙、竖刁、启方等几个佞臣联合作乱,关闭宫门,砌起高墙,不允许任何人进入齐桓公寝宫,声称是齐桓公的命令。可怜这位执政长达43年的齐桓公就这样被活活地饿死了。

齐桓公临终之前，后悔自己没有听管仲的话，悔之晚矣！

齐桓公死后，几个佞臣虽然得到了处决，但他家几个儿子为了争夺王位，又燃硝烟，谁都顾不上安葬齐桓公，甚至在寝宫大动干戈，以至刀箭伤及齐桓公的尸体，连亡灵都不得安宁。

齐桓公三月不殡，九月不葬，蛆虫爬出门外，尸体臭气熏人，这就是春秋首霸任用损友、佞臣的可悲下场。

齐桓公的教训，对我们今天识人交友仍然有着重要的借鉴意义。识人交友要透过现象认清人性，有违人性的人是可怕的，应当远离他们，否则，后患无穷。

重庆市渝中区环卫二所原所长范某因交友不慎被戏称为"史上最倒霉贪官"。

2005年，渝中区环卫局成立了两家公司，分别负责辖区内环卫用品的采购和环境卫生工程的招标，由范某掌管此项工作。此时，工程承包商王某为了承揽项目，通过朋友接近了范某，并经常邀请范某一起吃饭、打牌、洗澡，两人的关系迅速升温，直至称兄道弟。王某便提出希望承包工程，并允诺每个工程按工程款的20%提成"返利"给范某等人。于是，2005年6月至2006年10月间，范某共发包给王某15个项目，范某共收受王某28万余元"返利"。

范某升迁为渝中区环卫二所所长，考虑到仕途风险，担心在犯罪的陷阱里越陷越深，不想继续与王某"合作"。但王某这位"朋友"立即翻脸并威胁范某说，已将其收受好处费的过程全部暗中录了音，如不继续与他合作将把这些证据交给纪检监察机关。

面对王某的要挟，范某进退两难，如果选择继续和王某"合作"，那自己就会在犯罪的泥潭里越陷越深；如果选择停止"合作"，王某一旦把证据交给纪检监察机关，自己的美好前程就会毁于一旦。经过思前想后，范某主动给王某打电话，把收受的28万余元受贿款全部退给了王某。

就在范某以为"太平无事"的时候，王某再次找到范某，仍威胁要把范某受贿的事举报上去。万般无奈之下，范某只得与王某达成秘密协议：王某对范某受贿一事严格保密，作为"封口费"，范某另支付给王某40万元。

范某事后称，即使再把40万元"封口费"交给王某，自己每天仍然生活在恐慌和忧郁之中。于是，在纪委找他谈话时，他将受贿的事实全部作了交代。

王某这位损友带给范某的教训是深刻的，范某总算迷途知返，没有在犯罪的道路上继续走下去，否则后果不堪设想。

第六章 ▶▶▶ 亲密有间

中国人崇尚中庸之道，凡事要讲究不偏不倚，恰当适度。古人认为："恩不可过，过施则不继，不继则怨生；情不可密，密交则难久，中断则疏薄。"恰到好处是处世的诀窍，也是体现智慧的最佳状态。

每个人作为构成社会的个体，都有其独立性，都在社会空间上有自己的坐标。一般来说，每个人都希望有自己的独立空间，不希望受到他人干扰，即使是自己的配偶、父母、子女也不例外。

我们在处世过程中要遵循社会规律，了解人性人情，规范自己的行为。例如，在职场不要探听上司或下属的隐私，在家庭为配偶、父母、子女留下独立的空间，这样才能使自己人际和谐、处世愉快、生活轻松、避免尴尬。

现实生活中，我们不难发现，有些人热情过度，将自己与他人融为一体、不分彼此、亲密无间，而最终却事与愿违，以不愉快而告终。究其根源，是犯了处世之忌。知道别人太多的秘密不仅成为心理负担，而且有时会带来灾祸。例如，古代参与皇家陵墓建造的人没有几个能活着回家，因为他们知道得太多。我们在战争题材电影中经常会看到这样的镜头，一个人在被杀之前，往往听到这么一句话"你知道得太多了"！

处世需要熟悉潜规则，其中处世要亲密有间可称为潜规则之一。

同事之间要保持距离

几年前，我在哈尔滨一家公司调研时，一位朋友讲了一个案例，现在仍然记忆犹新。

哈尔滨的一家公司有一个青年工人，一天上午上班时用铁锤将本班组一个非常要好的朋友打死了，大家都难以置信，他们平时好得"穿一条裤子还嫌肥"，怎么会这样呢？

司法人员审问这位工人为何要故意杀人时？这位工人理直气壮地说："我们是同生死、共患难的好朋友，他在背后说我的坏话，我难以接受，所以，我就把他砸死了。"就这么简单，这位工人听了别人的挑拨离间，也不了解真相，就直接用铁锤结束了好朋友的生命。

等待这位工人的将是法律的严惩自不必说，这件事情应该引起我们的深思。问题出在这两位青年平时亲密无间，不分彼此，因此，不能容忍对方对自己的半点不尊重，否则，就会走向

极端。

我们应该吸取这两位青年工人的惨痛教训，再好的朋友，也应该保持必要的距离，尤其职场中的人士。

一是保持与上司之间的距离。能成为上司，一般都是职场的强者，强者不仅内在素质比别人高，而且更加注重外在形象。上司也是凡人，也难免有失误、失态的时候，作为下属，最好不要看到上司失误、失态的言论和行为，即使看到了也要永远保守秘密，将它烂到肚子里，一旦作为谈资，将会大祸临头。

二是不要挤入不属于自己的圈子。有专家对企业主要是民营企业做过研究，员工在企业是分层次的，即分为核心层、重要层和外围层。核心层是老板的心腹，是可以讲私下话的几个人；重要层是核心层的外围，可以参与重要决策的讨论，可以提出建议的一批人；外围层是执行层，是企业的普通员工。层次不同的员工与老板的距离不同，承担的责任和报酬也是不同的。我们在企业应该明确自己是属于哪个层次，在什么位谋什么政，不要闯入不属于你的圈子，否则，难免会产生尴尬。

三是不要打听同事的隐私。同事是工作伙伴，不可能像父母、兄弟姐妹一样亲密。每个人都会有自己的隐私，一般来说，自己的隐私是不希望别人知道的。一个人如果过分地关心同事，直接询问或通过别人去打听同事的隐私，将是不受欢迎的。如果将别人的隐私传播出去，难免引起不良后果。

夫妻亲密也应有间

配偶在法律关系上被列为直属关系之首，可见彼此的亲密程度。而在现实生活中，不少夫妻分道扬镳，分析夫妻离婚案例，有不少是因为亲密无间造成的。

夫妻和朋友一样也是亲密有间的，爱情也是一种友谊，夫妻做到与朋友一样亲密有间，才能爱情长久。所谓有间，是给夫妻彼此留有一定的空间，夫妻要互相尊重对方的隐私。

现在有个词很流行——"半糖"，它的流行大概要归功于台湾流行的一首歌曲《半糖主义》。歌词唱道："我要对爱坚持半糖主义，永远让你觉得意犹未尽，若有似无的甜才不会觉得腻；我要对爱坚持半糖主义，真心不用天天粘在一起，爱得来不易，要留一点空隙彼此才能呼吸……"这本是一首爱情歌曲，讲恋爱的道理，其实，"半糖"的含义不仅对爱情有益，对生活的各个层面都会有益，它其实就是指人们对自己生活分寸的把握，说白了就是凡事要有个度。

"半糖"主义代表的是一种健康的生活态度，太苦的日子会使人沮丧失望，非我们所愿；而过甜的日子容易让人不识甜为何物，不懂得珍惜。也许生命的最佳状态就是不回避烦恼与苦难，并学会给自己的日子加半勺糖，在若有若无间体味生命的香甜，领悟甘苦参半的人生真谛。

有些家庭住房较小，空间上不允许一个人单独有一个地方，对于他们来说，学会同住一屋而每人又能单独地活动，尤为重要。有的家庭住宅比较宽敞，双方可以常常回到自己的房间去，这也许就是"在一起生活"的真正含义。但是，许多夫妻恰恰破坏了这种可能性。以下两个案例能得到很好的说明。

晓娟和大伟是一对年轻夫妇，两个人情投意合，相互爱慕。晓娟常常要求大伟陪伴自己，她认为相爱的夫妻就应该所有的业余时间都在一起，一起散步，一起打球，一起看电视，哪怕是大伟不喜欢的节目，晓娟也要大伟陪自己看完。当大伟提出自己单独待一会儿时，晓娟总觉得是大伟在疏远自己。晓娟不能独处，独处使她惶惑、痛苦、空虚，由于晓娟过度依赖大伟，使他难以忍受，感到"窒息"，他需要单独出去透透气，于是大伟下班后总是在外面待一会儿再回家。晓娟对大伟的晚归大为不满，怀疑大伟有外遇，于是争吵不断升级，最终劳燕分飞。

由此可见，夫妻间无论怎样亲密，也需要适度的分离。如果一味厮守，绝对占有对方的时间、空间甚至思想，不能满足彼此单独活动的需要，无疑会伤害对方的情感，导致破坏性后果。

说完了年轻夫妻的案例，再来听听老年夫妻的心声。有一位老年女士，她抱怨丈夫退休后改变了她的生活，使她感到压抑。丈夫退休之前，她一人在家，买菜、做饭、看电视、做家务，时间完全由自己安排，做一切事情都无拘无束，就是洗锅刷碗，也爱哼唱歌曲，虽然年近花甲，倒自由得像只快乐的小鸟。可是，丈夫退休以后，两人整天待在一起，丈夫经常评价她的行为，干预她的安排。她哼唱歌曲，丈夫会说："一大把年纪了，像什么样子。"她边看电视边摘菜，丈夫说："做事没个做事的样子。"

慢慢地，她在做事时首先要想到丈夫会如何评价。久而久之，她做家务时不再感到有乐趣，情绪也变得十分消沉。几十年的夫妻感情走向了危险的边缘。

以上两个案例启示我们，夫妻之间也应该亲密有间。人们常说"小别胜新婚""距离产生美"不是没有道理的。

给孩子留出独立的空间

爱孩子是父母的天性，而现实生活中，由于父母过度关爱，挤占了孩子的独立空间，造成孩子的不领情甚至反感。许多家长为此十分苦恼，不知道问题到底出在哪里。

7岁的明明一向是妈妈的"乖孩子"，谁知道有一次，竟然和妈妈发生了冲突。妈妈在整理明明房间的时候，把一个又脏又旧的布娃娃扔了，明明知道后不依不饶，质问妈妈："那是我的娃娃，你凭什么扔掉？以后不许乱动我的东西！"

妈妈气坏了："好啊你，天天亲你、疼你，谁知道你翅膀还没有长硬就敢训妈妈了。我偏动你的东西！"妈妈一气之下把明明那些舍不得扔的旧玩具全给扔了，明明气坏了，一边大哭着往回捡一边骂："坏妈妈！坏妈妈！"这件事情并不大，却让妈妈伤心，宝宝也伤心。

还有一位妈妈怕上初中的女儿婷婷谈恋爱，影响学习，有一天趁婷婷不在时打开了她的抽屉，检查了婷婷的日记本，谁知妈妈正在看的时候，婷婷回来了，发现妈妈在偷看自己的日记，非

常生气。于是平时的乖乖女发怒了，与妈妈吵得不可开交，说妈妈侵犯了她的隐私，妈妈不讲道德。妈妈却说："你的小命都是我给你的，你的日记我都不能看吗？妈妈还不是为你好吗？你这没良心的还不领情。"为此，婷婷好长时间不理妈妈，母女俩闹得很不愉快。

以上两个案例涉及父母违反了与子女相处要亲密有间的原则。多数父母认为孩子是自己身上的肉，与孩子的关系是亲密无间的，无视孩子的独立空间，包揽了本该孩子自己处理的事务，因此，产生矛盾和冲突在所难免。心理学研究表明，每个人都是独立的个体，拥有自己的隐私和个人空间，一旦被入侵，就会表现得烦躁不安，忧虑戒备。只有个人空间得到切实保留，个人隐私得到充分尊重，才能心态平和、情绪稳定。

父母和孩子之间，也需要亲密有间，很多家长要求孩子不要随便乱翻父母的东西，因为大人需要有自己的空间。其实孩子也需要有自己的小天地，他们不希望别人随意闯进自己的空间，即使是至亲至爱的父母亦如此。只有亲密有间，家庭才能既成为一个亲密生活的共同体，又成为一个个性自由发展的好场所。

生活在亲密有间的家庭里的孩子，从小就会明白：人与人之间，要保持适当的距离。

人际交往的空间距离

每个人都是独立的个体，人与人之间需要保持一定的空间距离。任何个人，都需要在自己的周围有一个自己把握的自我空间。而当这个自我空间被人触犯就会感到不舒服，不安全，甚至恼怒。

一位心理学家做过这样一个实验。在一个刚刚开门的大阅览室里，当里面只有一位读者时，心理学家就进去拿椅子坐在他或她的旁边。试验进行了80人次。结果证明，在一个只有两位读者的空旷的阅览室里，没有一个被试者能够忍受一个陌生人紧挨自己坐下，无一例外都会选择另找座位。

一般而言，交往双方的亲密程度决定着相互间自我空间的距离。有一位心理学家根据长期研究，划分了人际交往的四种空间距离，可以作为我们在人际交往时的参考。

一是亲密距离。这是人际交往中的最小间隔或几无间隔，即我们常说的"亲密无间"，其近范围在约15厘米之内，彼此间可能肌肤相触，耳鬓厮磨，以至相互能感受到对方的体温、气味和气息。其远范围是15～45厘米，身体上的接触可能表现为挽臂执手，或促膝谈心，仍体现出亲密友好的人际关系。

就交往情境而言，亲密距离属于私下情境，只限于在情感上联系高度密切的人之间使用，在社交场合，大庭广众之下，两个人（尤其是异性）如此贴近，就不太雅观。在同性别的人之间，往往只限于贴心朋友，彼此十分熟识。在异性之间，只限于夫妻和恋人之间。因此，在人际交往中，一个不属于这个亲密距离圈子内的人随意闯入这一空间，不管他或她的用心如何，都是不礼貌的，会引起对方的反感，也会自讨没趣。

二是个人距离。这是人际间隔上稍有分寸感的距离，有较少直接的身体接触。个人距离的近范围为46～76厘米，正好能相互亲切握手，友好交谈，这是与熟人交往的空间，陌生人进入这个距离可能会构成对别人的侵犯。个人距离的远范围是76～120厘米。任何朋友和熟人都可以自由地进入这个空间，不过，在通常情况下，较为融洽的熟人之间交往时保持的距离更靠近远范围的近距离一端，而陌生人之间谈话则更靠近远范围的远距离端。

人际交往中，亲密距离与个人距离通常都是在非正式社交情境中使用，在正式社交场合则使用社交距离。

三是社交距离。这已超出了亲密或熟人的人际关系，体现出一种社交性或礼节上的较正式关系。其近范围为1.2～2.1米，一般在工作环境和社交聚会上，人们都保持这种程度的距离。

会议室里沙发之间为什么要摆放茶几，除了发挥摆放茶杯或水果的功能之外，还有一个重要的功能是增加客人之间的空间距离。一次，一个外交会谈座位的安排出现了疏忽，在两个并列的单人沙发中间没有摆放增加距离的茶几。结果，客人自始至终都尽量靠到沙发外侧扶手上，且身体也不得不常常后仰。可见，不同的情境、不同的关系需要有不同的人际距离。距离与情境和关系不相对应，会明显出现心理不适感。

社交距离的远范围为2.1～3.7米，表现为一种更加正式的交往关系。公司的经理们常用一个大而宽阔的办公桌，并将来访者的座位放在离桌子一段距离的地方，这样与来访者谈话时就能保持一定的距离。例如，企业或国家领导人之间的谈判，工作招聘时的面谈，教授和大学生的论文答辩等，往往都要隔一张桌子或保持一定的距离，这样就增加了一种庄重的气氛。

在社交距离范围内，已经没有直接的身体接触，说话时，也要适当提高声音，需要更充分的目光接触。如果谈话者得不到对方目光的支持，他们会有强烈的被忽视、被拒绝的感受。这时，相互间的目光接触已是交谈中不可或缺的感情交流形式了。

四是公众距离。这是公开演说时演说者与听众所保持的距离。其近范围为约 3.7～7.6 米，远范围在 7.6 米之外。这是一个几乎能容纳一切人的"门户开放"的空间，人们完全可以对处于空间的其他人"视而不见"，不予交往，因为相互之间未必发生一定联系。因此，这个空间的交往，大多是当众演讲之类，当演讲者试图与一个特定的听众谈话时，他或她必须走下讲台，使两个人的距离缩短为个人距离或社交距离，才能够实现有效沟通。

以上仅是大致的划分，人际交往的空间距离不是固定不变的，它具有一定的伸缩性，这依赖于具体情境、交谈双方的关系、社会地位、文化背景、性格特征等。

社会地位不同，交往的自我空间距离也有差异。一般来说，有权力有地位的人对于个人空间的需求相应会大一些。此外，人们对自我空间需要也会随具体情境的变化而变化。例如，在拥挤的公共汽车上，人们无法考虑自我空间，即使是与陌生人前胸贴后背，大家彼此也能够理解。若在较为空旷的公共场合，人们的空间距离就会扩大，如公园休息亭和较空的餐馆，你就没有理由挨着陌生人坐下，否则就可能会引起不愉快。

我们了解了交往中人们所需的自我空间及适当的交往距离，就能有意识地选择与人交往的最佳距离，而且，通过空间距离的信息，还可以很好地了解一个人的实际社会地位、性格及人们之

间的相互关系，更好地进行人际交往。

注视他人也要有间

　　说到与人相处中的肢体距离大家比较容易接受，而说到注视他人也要注意距离一般人们不太在意。如果不注意人际交往中的注视距离，也有可能产生不愉快甚至不良后果。

　　某企业有一个大学毕业生，分配到企业后虚心好学、尊重领导，受到大伙的好评，小伙子到了谈对象的年龄了，好心人忙着为他张罗。那年秋天，有一位大学毕业的姑娘分配到了该企业，姑娘不仅人长得漂亮，而且讨人喜欢，大伙自然想到姑娘与小伙子是天造地设的一双。经人介绍，小伙子与姑娘见了面，双方在一起的时间不长，姑娘就告辞了，后来才知道，姑娘不乐意与小伙子发展恋爱关系。

　　小伙子百思不得其解，特意向朋友请教。朋友详细询问了当时他们见面的情景，小伙子讲也没有说伤害姑娘的话，更没有无礼的动作。朋友想到了目光注视问题，让小伙子回想一下，当时目光注视到姑娘的哪个部位，小伙子如实作了回答，因为天气热姑娘穿得少，曲线比较突出，小伙子本能地注视姑娘的胸部。朋友明白了姑娘与小伙子告吹的原因。于是告诉小伙子："因为与异性第一次见面，你过多地注视姑娘的胸部，姑娘不仅很不自在，还会联想到你是否是正派人，就会降低发展为恋人的可能性。"

　　小伙子如梦初醒，才知道社交中眼睛往哪里看还有讲究，终于明白了这次见面失败的原因。这个案例并非杜撰，而是发生在我们身边的真实故事。

现在我们一起来讨论"注视他人也需要有间"的问题。眼睛是人类面部的感观器官之一，最能有效地传递信息和表情达意。我们常说"眼睛是心灵的窗户"。从一个人的眼睛中可以看到他或她整个的内心世界。在社交活动中，眼神运用要符合一定的礼仪规范。如果不了解它，则往往被人认为无礼，会给人留下不良的印象。在与人交谈时，目光应该注视着对方。但应使目光局限于上至对方额头，下至对方衬衣的第二粒纽扣以上，左右以两肩为准的方框中。在这个方框中，一般有三种注视方式：

一是公务注视。一般用于洽谈、磋商等场合，注视的位置在对方的双眼与额头之间的三角区域内。

二是社交注视。一般在社交场合，如舞会、酒会上使用，注视的位置在对方的双眼与嘴唇之间的三角区域内。

三是亲密注视。一般在亲人之间、恋人之间、家庭成员等亲近人员之间使用，注视的位置在对方的双眼和胸部之间。

如果对对方的讲话感兴趣，就要用柔和友善的目光正视对方的眼区，表达友善和敬意。

如果想要中断对方的讲话，可以有意识地将目光稍微转向他处。当对方说幼稚或错误的话显得拘谨害羞时，不要马上转移自己的视线，相反，要继续用柔和理解的目光注视对方，否则，被别人误解为嘲笑他或她。当双方缄默不语时，不要再看着对方，以免加剧尴尬局面。谈得很投入时，不要东张西望，否则，别人认为你已听得厌烦了。

当你被介绍与人认识时，眼睛要看着对方脸部，但不能上下打量对方。有求于对方或者等待对方回答时，眼睛略朝下看，以示谦恭和恳请。

进入上级的办公室，不要把目光落在桌上的文件上。走进陌生人的居室，也不要东张西望。和长辈说话时，最好走近他或她，用尊敬的目光直视对方。

在上台讲话时，要先用目光环顾四周，以示对到会人员的尊重。在社交场合，最忌讳和别人眉来眼去和使用满不在乎的眼神，这是没有礼貌和修养的表现。

另外，不能将目光长时间地集中在对方的脸上或身体的某一部位，特别是初次见面或异性之间。在不太亲密的交往对象之间，长时间地直盯着对方，是一种失礼行为。

听了以上的介绍，不难明白小伙子与姑娘见面时所犯的大忌。

感情用事带来的危害

一个人不能没有感情，但不能感情用事。感情用事的危害是缺乏理性，不顾大局。感情用事难免给事业带来危害。

人们历来对"桃园三结义"津津乐道。特别是近年来"百家讲坛"等媒体对《三国演义》大肆炒作，三国时期的刘备、关羽、张飞三位结义哥们儿在当今中国可谓是家喻户晓，知名度非常高。

　　许多人崇尚他们"不求同年同月生，但愿同年同月死"的义气，赞赏他们同心同德，不抛不弃的品格。但是只要人们理性、冷静地分析，不难发现，蜀国的大业可以说在很大程度上毁在了刘备、关羽、张飞三哥们儿的亲密无间、生死与共上。如果用民间义士的视野评判他们，无疑是值得称道的，而如果以胸怀大志，复兴汉室的君臣来评判无疑是不合格的鲁莽君臣。让我们来简单回望一下当时的情形。

　　在军阀混战的年代，弱小的刘备在诸葛亮的辅佐下，联合吴国赤壁抗曹成功之后得到了迅速发展，占据着荆州和西川，蜀国与魏国、吴国形成三足鼎立之势。蜀国在诸葛亮丞相的谋划下，正在积蓄力量以图北伐中原，复兴汉室。

　　就在此时，驻守荆州的关羽将军与吴国擦枪走火，引起战事，不幸败走麦城，被吴将杀害。关羽的被杀事件成为蜀国走下坡路的转折点。如果荆州守将换了别人，可能不至于造成如此大的影响，正因为是关羽——刘备、张飞的结义兄弟，因为他们当年在桃园有"不求同年同月生，但愿同年同月死"之约。当支配蜀国资源的皇帝刘备听到关羽被东吴将领杀害后，悲痛不已，理智全失，不顾当年诸葛亮隆中提出的结盟东吴，北拒曹操、三分天下的战略规划。而且使整个蜀国都失去理智，刘备不听诸葛亮、赵云等重臣劝告，举全国之兵并亲率伐吴。其实这是一场胜也败，败也败的战争。刘备皇帝率军亲征，又不听诸葛亮事前的排兵布阵，而是报仇心切，结果被东吴年轻将领陆逊火烧连营600里，使蜀军几乎全军覆没，在卫兵的拼死保护之下，刘备才捡了一条性命。从此忧郁攻心、一病不起，演绎了"白帝城托

孤"的凄惨故事。张飞将军因关羽兄长遇害，报仇心切，要求部下完成难以完成的任务，结果激起兵变，被手下所杀，对于已经失去理智的刘备来说，张飞被害无疑是雪上加霜。

这一败仗成为了蜀国由盛转衰的起点。虽然后来有诸葛亮的"七擒孟获，平定南疆；六出祁山，征战曹魏"，明眼人都看得出那是诸葛亮明知不可为而为之，以鞠躬尽瘁报效先主而已。蜀国从那一仗开始就走上了不归之路，成为三足中首先坍塌的一足。

我们应当从刘备的失误中吸取教训，凡事需要理智，三思而行，即使是结义兄弟也要亲密有间，所谓的"不求同年同月生，但愿同年同月死"的诺言无异于愚忠愚义，是不值得提倡的。

第七章 ▸▸▸ 懂得放弃

人生的成功不在于得到什么，而在于放弃什么。经济学里有一个"机会成本"的概念，所谓"机会成本"通俗地讲，就是为了得到某种东西所放弃的东西。从经济学层面考量选取的标准是当前利益的最大化。而作为社会层面的考量标准不仅要考量当前利益，而且要考量长远利益，对一个人来说不仅要能够善始，而且要能够善终，不仅要考量经济利益，而且要考量社会和心理因素。我们的祖先总结了许多处世哲学，提出了许多至理名言，对后人提供了有益的启迪。

《道德经》曰："持而盈之，不如其已。揣而锐之，不可长保。金玉满堂，莫之能守。富贵而骄，自遣其咎。功遂身退，天下之道。"白话文的大意是：与其把持而经营，还不如放弃。以锻打而使之尖锐，也不能永保其锋利。满堂金玉，没有人能长久保守。富贵而骄淫，会为身家招来灾祸。功成而身退，这才符合天道。这段话主要告诉人们在为人处世时要知足知止，懂得放弃的道理。知道如何开始需要六七分智慧，而知道停止则需要十分智慧，一般的人只知道开始而不知道停止。例如，有些人拥有了很多财富还要继续牟取，在生前享受不完，死后还要带去陪葬，慈禧太后就是一例，她带了许多金银财宝陪葬。纵观古今中外没有哪个厚葬的坟墓是不被盗的，所以不知停止、不懂得放弃、贪婪的人死了也不得安宁。还有些人拥有了很高的职务而贪恋权位不肯离开，最终不得善终。例如，秦朝的李斯，他为秦灭六国，一统天下立下了汗马功劳，最后却被赵高设计陷害，腰斩弃市、满门遭株。在上刑场的路上，李斯对儿子说："你知道我此时最想的是什么吗？"儿子问："是什么？"李斯说："我最想的是我们父子拿着土枪到郊外去打野兔，过平民生活。"但这却成为他人生的奢望，文韬武略、功高盖世的李斯，归宿只能是被陷害致死。

舍得放弃天下的人

人们之所以舍不得放弃，是因为已经拥有的东西有太多的吸引力。或是财富，或是高官，或是名誉，或是美色，这些都是人们所热衷追求的东西。这些东西得来不易，放弃更难。

在我国历史上有一个女人，经受了常人难以忍受的磨难，最终走向了权力的顶峰，在走向权力顶峰的过程中，使用了许多残忍的手段，消灭了无数的政敌，因此，也留下不良的口碑。但在她的生命后期，明智地做出了选择，放弃了天下，将江山回归给了李家王朝，从而受到了后世的赞许，这个人就是我国历史上唯一的女皇帝——武则天。

武则天是唐太宗李世民的才人，唐高宗李治的皇后。太宗称其为"媚娘"。她协助高宗处理军国大政30年后，亲登帝位，自称圣神皇帝，废唐祚于一旦，改国号为周，成为中国历史上空前绝后的唯一女皇帝。从她参与朝政，自称皇帝，到病移上阳宫，前后执政近半个世纪。

武则天在执政期间形成强有力的中央集权，社会安定，经济发展，上承"贞观之治"，下启"开元盛世"，革除时弊，发展生产，完善科举，破除门阀观念，不拘一格任用贤才，顺应历史潮流，大刀阔斧改革。实施了许多改革举措，促进了社会发展。但为了控制朝政，重用酷吏，奖励告密，使不少污吏横行一时。他们刑讯逼供，诬陷盛行，滥杀无辜，使不少文臣武将蒙受不白之冤，制造了许多冤假错案。另外为了满足情欲，纳养男宠，败坏风俗，历来为后人诟病。对于武则天的功过是非，见仁见智、莫衷一是。武则天自己也有自知之明，临终之前立下遗嘱，为自己立了一块"无字碑"，为后人评价留下了无尽的空间。

有一点是历代专家学者一致称道的，那就是武则天放弃立侄子为太子，放弃了武家天下，还政于李家王朝。这一选择被后人认为是她晚年的英明选择。

圣历元年（公元698年），武则天的侄儿武承嗣、武三思数次派人游说武则天，请立为太子，武则天犹豫不决。关于立谁为太子的事长期以来困扰着武则天，这一问题不仅牵涉到家庭情感，而且考验着她的政治智慧。心腹大臣之中也有不同意见，使得武则天一时举棋不定。大臣李昭德等曾劝武则天还政李家，迎立李显，但没有被武则天接受。促使她最终作出决策的是当朝宰相狄仁杰。狄仁杰以政治家的深谋远虑，劝说武则天顺应民心，还政于庐陵王李显。当时，对武则天了解透彻、洞烛机微的狄仁杰从母子亲情的角度从容地劝说她："立子，则千秋万岁后配食太庙，承继无穷；立侄，则未闻侄为天子而附姑于庙者也。"武则天说："此朕家事，卿勿预知。"狄仁杰沉着而郑重地回答："王者以四海为家。何者不为陛下家事！君为元首，臣为股肱，义同一体。况臣位备宰相，岂得不预知乎？"最终，武则天听从了狄仁杰的意见，亲自迎接庐陵王李显回宫，立为皇嗣，唐祚得以维系。

武则天的历史功绩，昭昭于世。诚如宋庆龄对她的中肯评价："武则天是封建时代杰出的女政治家。"我认为，"放弃武家天下，还政李家王朝"应该是武则天成为杰出女政治家的重要内涵。

品味"好了歌"

《红楼梦》是一部百科全书，是一部百读不厌，常读常新的好书。不同的人读《红楼梦》会有不同的感受。哲学家读《红楼梦》，说它是一本哲学《红楼梦》；政治家读《红楼梦》，说它是一部政治《红楼梦》；经济学家读《红楼梦》，说它是一部经济学《红楼梦》；社会学家读《红楼梦》，说它是一部社会学《红楼梦》；服装师读《红楼梦》，说它是一部服装学《红楼梦》；医学家读《红楼梦》，说它是一部医学《红楼梦》；饮食家读《红楼梦》，说它是一部饮食《红楼梦》……

总之《红楼梦》是一部旷世奇书，是中华民族的文化珍宝。《红楼梦》描写了四大家族由盛到衰的过程，先后有几百人登场，《红楼梦》的原形就是作者曹雪芹家族的演变，曹雪芹写《红楼梦》到底想要表达一个什么样的主题呢？这是许多学习研究《红楼梦》的人士所关注的问题。我同意一些专家学者的观点，认为《红楼梦》的主题是："放弃身外之物，回归精神家园。"

《红楼梦》中跛足道人的《好了歌》和甄士隐对《好了歌》的注释已经回答了这个主题。

《好了歌》是这样说的："世人都晓神仙好，惟有功名忘不了！古今将相在何方？荒冢一堆草没了。世人都晓神仙好，只有金银忘不了！终朝只恨聚无多，及到多时眼闭了。世人都晓神仙好，只有娇妻忘不了！君生日日说恩情，君死又随人去了。世人都晓神仙好，只有儿孙忘不了！痴心父母古来多，孝顺儿孙谁见了？"

甄士隐对《好了歌》作了如下解注："陋室空堂，当年笏满床；衰草枯杨，曾为歌舞场。蛛丝儿结满雕梁，绿纱今又糊在篷窗上。说什么脂正浓、粉正香，如何两鬓又成霜？昨日黄土陇头送白骨，今宵红灯帐底卧鸳鸯。金满箱，银满箱，展眼乞丐人皆谤。正叹他人命不长，哪知自己归来丧！训有方，保不定日后作强梁。择膏粱，谁承望流落在烟花巷！因嫌纱帽小，致使锁枷

杠；昨怜破袄寒，今嫌紫蟒长；乱哄哄你方唱罢我登场，反认他乡是故乡。甚荒唐，到头来都是为他人作嫁衣裳！"

《红楼梦》通过四大家族盛衰的演绎和人物的表演，启迪大家不要太在意功名富贵，那些只不过是过眼烟云，朝廷命官只不过是一张纸，说你是你就是，说你不是你就不是，贾政、贾雨村等都官至司局级领导，说免了不就免了。贾府富甲一方，说抄家就抄了。《红楼梦》教育后人，要懂得放弃，不要反认他乡是故乡。他乡就是身外之物，故乡才是自己的精神家园。

其实幸福是一种自我感受，自己觉得幸福才是真正的幸福。而现在的许多世人却不顾自己的心灵感受，在意外界的掌声，贪图身外的钱财，许多人甚至社会精英都因名利毁了自己的美好前程甚至丢了性命。近年来，每年都有10多名省部级干部落马，有几万党员干部受到党纪国法制裁。这些人都是社会精英，都是人上之人，不能说他们不聪明，但缺少大智慧，利令智昏、财迷心窍。

要营造好"故乡"，不仅要学习技能和管理，还应该从祖先身上汲取智慧，加强格物、致知、诚意、正心、修身、齐家的修炼，修炼好了才能承担起治国平天下的重任，否则难免落得"金满箱，银满箱，展眼乞丐人皆谤""到头来都是为他人作嫁衣裳"的可悲下场。

懂得放弃成就了"东方舞神"

人生能否幸福与成功，在很大程度上在于选择与放弃。我们每天都面临着选择与放弃。不会做出选择与放弃，什么都想要的人，往往与成功和幸福无缘。许多成功人士的经历告诉我们，懂得选择和放弃是成功与幸福的重要因素。

2007年12月18日晚，在国务院国有资产监督委员会研究中心举办的"中外名家系列讲座"上，68岁的陈爱莲女士作了纪念她从事舞蹈艺术55周年的演讲。几百名听众被这位"东方舞蹈女神"的精彩演讲和绝伦舞蹈所折服。

陈爱莲是我国著名的舞蹈艺术家，现任中国歌剧舞剧院编导、陈爱莲艺术团团长、陈爱莲舞蹈学校校长、全国政协委员、中国对外文化交流协会理事。这位68岁的艺术家一生只做一件事，那就是中国舞蹈。她用青春和生命诠释中国舞蹈，弘扬中华文化。在她的同龄同仁中既当老师教学又亲自登台表演，并且男女老少各种角色都能表演的人，在中国仅陈爱莲女士一人。因此，她被誉为"东方舞蹈女神"。

当晚她表演了"回家路上"，她用心灵、意境、肢体将少女与恋人的欢快、奔放、纵情、爱恋的情感表达得淋漓尽致，惟妙惟肖。没有谁会相信眼前是一位68岁的老人在舞蹈。通过陈爱莲女士的演讲和舞蹈，不仅使广大听众得到了艺术享受，而且引发了对人生的思考和强化了听众对中国传统文化的热爱。

陈爱莲女士辉煌的背后，包含着许多鲜为人知的苦难和辛酸。人们常说，人生有三大不幸：即少年丧父，中年丧偶，老年丧子。

陈爱莲女士12岁时父母双亡，对于一个少女来说无疑是巨大的灾难。还未成年的她被送到了上海一家孤儿院，那种心灵的创伤和苦楚是一般正常人家的孩子所无法感受的。2年的孤儿院生活，不仅使小爱莲经受了心灵的历练，而且使她学会了感恩。她发誓要感谢党和政府对自己的抚养和教育之恩。之后，陈爱莲被选送到中央戏剧学院附属舞蹈团学习舞蹈。

成就陈爱莲的因素很多，她在演讲时说"懂得放弃"是其中的重要因素。起初陈爱莲的志愿并不是中国舞蹈，那时的舞蹈不入流，属于歌舞团的辅助门类。她向往过当歌唱家，她喜欢过芭蕾舞，但因为多种原因，都放弃了，因此，她一生只做一件事情，那就是中国舞蹈。从1957年起，她先后主演了舞剧《张羽与琼莲》《鱼美人》《红旗》《白毛女》《小刀会》《文成公主》《牡丹亭》《繁漪》《霸王别姬》等，是中国主演舞剧最多的舞蹈家。她不仅主演而且复排了舞剧《红楼梦》，她跳了27年的"林妹妹"。她融入了"林妹妹"的角色之中，有时她把自己当成了现实生活中的"林妹妹"。

陈爱莲对中国舞蹈的理解、诠释和表演，今天仍然无人可及。陈爱莲坦言，她如果当年选择了声乐，由于她的音质不是太好，即使再努力也只能成为二流的歌唱家。如果不放弃跳芭蕾舞，她就不会在中国舞蹈上取得如此巨大的成就。

弘扬中国传统文化，光大中国舞蹈艺术是陈爱莲办舞蹈学校的初衷。她为了解决办学经费，变卖了别墅，住了几年的平房。她有很多机会可以挣大钱，但她都放弃了。她说如果把自己变成一个纯商人，充其量只能做一个一般的企业家。如果被金钱蒙住了双眼，还有可能会忘记跳舞。我时刻不忘自己的使命，我觉得我应该活在舞蹈的世界里。

　　身处今天的信息社会，许多人被海量的信息和众多的选择所迷惑。陈爱莲女士则感言："现在的信息很多，诱惑太大，信息太乱，自己想面面俱到是不可能的，而且会动摇你很多东西，自己要有非常好的心态，放弃不适合自己的东西，选择好适合自己的事业。"

　　从舞神的丰富经历和金玉良言中，我们应当获得有益启迪。

懂得放弃得以善终

　　在我们现实生活中，有些人利令智昏，利用职权，以权谋私，获得了巨额财富仍嫌不足，千方百计、挖空心思牟取更多的不义之财，最终走上犯罪道路，人财两空。也有些智者，在走向权力巅峰，取得人生辉煌之后，毅然放弃权力，回归平民生活，从而得以善终。俄罗斯前总统叶利钦就是这样一位智者。

　　叶利钦在俄罗斯政坛素以强硬著称，不仅推翻了戈尔巴乔夫的统治，而且在任总统期间撤换了几任总理，树了不少政敌，是一位善于驾驭权力的政坛高手。

　　按照宪法规定，叶利钦可以成为俄罗斯跨世纪的总统，可以在届满之后交出权杖。但是他却出人意料地在20世纪的最后一天即1999年12月31日莫斯科时间中午12时，最后一次以总统身份向国民发表电视讲话。新千年钟声即将敲响之际，将其生命中最珍视的部分，提前交给了47岁的普京总理。叶利钦提前辞去总统职务的行动又一次出人意料，又一次震惊世界。

究竟是什么原因促使他提前辞职？此决定是不是叶利钦独立做出的呢？叶利钦的女儿在接受媒体采访时对记者说："我几乎是在最后才知道这一决定的。但一个月前我已感到父亲在考虑一件大事，最后下决心可能是在中国之行以后。在北京我发现父亲有异常表现：他从不吃当地食品，可是当会谈间歇我和妈妈决定品尝北京烤鸭的时候，正在里屋休息的爸爸突然走出房门说："你们在吃什么？快让我也尝一尝。"他准备12月31日辞职，但他对家人只字未提。当天他告诉妈妈时，妈妈甚至没有听懂他的意思，而他的外孙很生气，打电话说："为什么一切消息我们只能通过电视新闻才知道？"这些情况表明，叶利钦应该是独立做出辞职决定的。

叶利钦突然辞职，总统大选因之提前，对处于"最佳竞选期"的普京来说，是最大的政治支持。叶利钦选择了普京，普京也回报了叶利钦。他担任代总统后立即签署第一号命令："叶利钦及其家人的人身和财产安全永久得到国家保护。"叶利钦以提前辞职取得了又一次政治胜利。"叶利钦就是叶利钦！"全国、全世界，对叶利钦提前辞职给予了不多见的特别评价。那些一直要求他下台的人，似乎也原谅了他以往的过失。俄罗斯股市当天也以攀升10.34%给他以支持。

今天看来，叶利钦做出提前辞职的决定可以与中国女皇帝武则天作出"放弃武家天下，还政李家王朝"的决定媲美，没有大智慧是难以做到的。

叶利钦也因懂得放弃得以善终，他于2007年4月23日因心脏衰竭而逝世，平静地走完了他绚丽多彩、辉煌光耀的人生旅途。

拒绝迁升只做销售员

当今的职场人士特别是营销人员都非常崇拜世界汽车销售大王乔·吉拉德。人们关注的大都是他的销售技巧，羡慕的是他的销售业绩。我认为人们还应当学习他懂得放弃的大聪明、大智慧。

销售业绩突出的乔·吉拉德有很多跳槽、升迁的机会，但是都被他拒绝了，10多年来他名片上的头衔始终是"销售员"。他认为不应太在乎自己的头衔，而是更在乎适合自己的职业。他说："真正为公司创造效益的是营销人员，头衔对我并不重要，我更看重的是销售业绩。"乔·吉拉德选准了汽车销售这块属于自己的"石头"，并长年累月、持之以恒、水滴石穿。

乔·吉拉德懂得只有放弃才能获得，他坚持每天在市场一线从事推销工作，享受着每一次成交所带来的快感与金钱的奖赏。他兴奋地指出："今天我卖出6辆，明天我就渴望成交10辆！我感觉每成交一次，我的人生价值就提升了一次！"

假设乔·吉拉德追求虚名，做了一名公司管理者，有可能在管理行列里多了一名平庸的管理人员，而缺少了一个世界汽车销售大王，对于乔·吉拉德本人和汽车行业来谈都将是一个巨大的损失。

找到属于自己的那块"石头"

大家都熟悉"水滴石穿"这句成语，意思是即使柔弱的水只要持之以恒地往石头上滴，就能将坚硬的石头滴穿，这种现象在南方比较容易见到。我这里想说的是，水滴要选准一块石头，如果经常更换石头，是不会取得"水滴石穿"效果的。选择了这块石头，就意味着放弃其他的石头。现在许多职场人士，心浮气躁、得陇望蜀、频繁跳槽，最后只能当"菜鸟"和"浮萍"，任人宰割，没有根基。

我有一位白领朋友，事业比较成功，非常好学上进。她告诉我，她是10多家俱乐部的会员，几乎是天天晚上奔忙在各个俱乐部之间。我也不时参加一些沙龙、讲座、研讨活动，几乎每次都能见到她的身影。由于她本职工作也非常繁忙，加之参加的业余活动过于频繁，以致疲惫不堪、毛病频出。

有一次见面，我向她建议，要懂得放弃，不要参加太多活动，如果疲于奔命，影响了健康，就得不偿失了。她觉得我说的非常有道理，从此，她作了大幅度的调整，退出了一些俱乐部，谢绝了一些活动，得以静下心来休养生息，考虑自己的事情，精神得到了解脱，身体得到了恢复。后来她见到我时，一再说感谢我的建议。

辞别珠海游览

古人告诉我们，鱼和熊掌都是好东西，但有的时候两者却不能兼得，需要作出放弃的选择。

我的处女作——《贤文与股市》在机械工业出版社出版，我与该社领导及责任编辑建立和保持了良好的关系。2007年1月18日上午，机械工业出版社郎编辑给我打来电话说："经济管理分社社长和我商量，为了答谢叶老师对社里的支持和贡献，特邀请您参加我们社在深圳举办的'优秀作者研讨会'，时间在本月底。这一活动，不仅可以认识许多业内的朋友，而且还安排到珠海等地游览，费用均由机械工业出版社支付。"我未到过珠海，对我来说这一活动具有一定吸引力。

但是，年初我们部门的工作特别忙，需要经常利用双休日工作，平时也要加班加点。我果断地选择了放弃。

郎编辑第二天又打来电话一再做我的工作，说这是一次很好的机会，能否争取参加。我说感谢你们对我的厚爱，这次只能放弃，下次会有更好的机会。懂得放弃需要智慧，也是一种轻松。

拒写股市类图书

我曾担任过两年信息早报社总编辑，对股市知识有一些了解，在证券圈内结识了不少朋友，搜狐财经网曾为我开了一年多的"贤文与股市"专栏。

中国股市经历了长达四五年的低迷，终于在2006年迎来了牛市，股市行情看好，与股市相关的行业一派繁荣，出版社的编辑们看准了证券类图书，证券类图书作者也忙活了起来，一时间，许多证券类图书摆在了书店的黄金位置。

经济管理出版社编辑部勇主任多次与我联系，希望我写一本股市入门方面的书。据勇主任介绍：股市类的图书销得特别火，随便一本书都能买几万册，稍好一点的能销10多万册。

我跟勇生主任说，现在新入市的股民很多，开户人数超过1亿，大多数跟风入市的新股民并不具备股市知识。有媒体报道说，中国现在几乎是全民炒股，这种说法虽有些夸张，但也不无根据。

股市有涨必有落，股市任何时候都存在风险，风险最大的是那些没有股市知识的小股民。我并不赞成全民炒股，如此下去必然会带来社会问题，到时会有人跳楼、上吊或猝死。我也知道，股市类的图书会畅销一时，股市疯狂的时候，股民赚了钱会不惜花钱买书；股市狂跌，股民赔本割肉的时候，也会买书补充知识，亡羊补牢。要想赚钱，写几本或攒几本炒股的书是一条好途径。这对我来说，也并不难。但是，我不会跟风写股市类的图书，主要原因是：一是因为我已经有贤文系列图书的写作出版计划，不会因跟风而打乱原计划；二是关于股市文化方面的书我在2003年就开始写了，并在2006年由机械工业出版社出版，畅销市场，受到读者好评；三是既然有很多写手挤入了股市类图书的写作行列，我不会再凑热闹了。与写股市类图书相比，我的贤文系列图书的意义更大。从反馈的信息来看，凡读过《贤文与股市》和《品贤文谈做人》的读者几乎都认为开卷有益，有的朋友说受益终身，我可以听得出来，他们是发自内心的称赞。

我的一番话，为勇生主任所接受，他深深理解了我拒写证券类图书的理由。我的另一位朋友——清华大学出版社编辑部的张主任也希望我为她们出版社写一本股市类图书，我大致以上面的理由婉拒了她的要求。她对我表示理解，并希望我们之间能够以其他题材合作。

第八章 ▶▶▶ 善于沟通

　　世界上最远的距离不是天涯海角，而是两颗彼此隔膜的心。一个人要成就事业，就要学会与人沟通。许多资源因沟通而得到优化配置，大为升值，许多创意因沟通而得到实现，许多矛盾因沟通而化解、冰释。

　　沟通是一种心态，沟通需要爱心，沟通需要诚意。一个谦虚好学、尊重他人的人才有沟通的欲望，而一个骄傲自满，自视清高的人不仅不会主动与他人沟通，即使别人主动与他沟通也会反应冷淡，漫不经心，坐失良机。

　　沟通是走向人生成功的桥梁，成功就在人生的彼岸，中间横着湍急的河流。河上有一道现成的桥梁，想到对岸的人一般都会从桥上过，很少会有人弃桥不走，下水游向对岸。因为，游泳过河与桥上过河相比既不经济也不安全，大家普遍认为游泳者是不明智的。这是毫无疑问的、明摆着的显性问题，人们很容易产生共识。而在现实中，放弃"沟通桥梁""游泳过河"的人大有人在，选择既不经济又不安全的路的人比比皆是，并且浑然不知。当今，沟通手段日益先进，手机普遍使用，短信瞬间发往天涯海角，电视新闻全天滚播，互联网联结四海五洲，古人所说的"秀才不出门，便知天下事"的理想在今天得以真正实现。

如果缺乏沟通，将会产生严重后果。国家之间缺乏沟通，容易战火不断，世界不宁；政党之间缺乏沟通，容易党同伐异，相互倾轧；行业之间缺乏沟通，容易壁垒森严，浪费资源；企业之间如果缺乏沟通，容易信息不畅，决策失误；同事之间缺乏沟通，容易产生矛盾，造成不快；兄弟之间缺乏沟通，容易产生隔阂、形同路人；夫妻之间缺乏沟通，容易冷战升级；感情疏远；父子之间缺乏沟通，容易代沟加深；矛盾不断。

沟通利于抚平鸿沟；消除误会；获得资源。同时沟通需要技巧，沟通需要宽度，沟通需要韧劲。学习沟通是处世不可或缺的课程，人生幸福需要良好的沟通。

上向沟通，赢得舞台

当今职场非常流行"得老板者得舞台"的说法。在这个"顾客就是上帝"的年代，有的专家提出，应该把老板当作自己的第一顾客，因为是他在花钱购买你的服务。如果你把老板当成第一顾客，那么你就要学会推销自己，同时想办法增加自身的价值。把老板当作第一顾客是以一种积极的态度来看待自己与老板的关系。

要处理好与老板的关系，除了要做好本职工作，为老板提供超值服务之外，还要注重与老板沟通。在我们现实社会中，至少存在两种现象：一种是不善于与老板沟通，害怕老板，遇到老板绕道走，见了老板胆战心惊，手脚哆嗦，与老板谈话缺乏自信、语无伦次；另一种是喜欢自我表现，频繁越级向老板汇报工作套近乎，经常打扰老板的正常工作，令老板厌烦而浑然不知。

与老板的沟通要做到适时适度。如果一个大企业（单位）的管理人员，长期不与老板沟通的话，很容易被老板淡忘，当有好事的时候自然想到的是别人。老板一般喜欢有创意的下属，经常向老板提出本企业、本部门管理及工作流程改进的建议是下属应尽的职责，至少一个季度要向老板提出一份建议。现在老板工作都比较忙，如果面谈的时间不允许，可以书面的形式向老板提出。因此，提高文字表达能力是新时期对职场人员的要求。另外，老板安排的工作任务，完成情况要及时向老板反馈进度和结果。有些人如果在任务过程中遇到困难会找老板，而工作任务完成顺利就想不起老板，有的人任务完成了也不吭声，这些都是老板不希望、不喜欢的现象。这就是沟通方面存在的问题。另一种情况是，千万不要有事没事跑到老板的办公室去闲聊，这样会使老板厌烦，也会引起同事的不满。与老板之间应该保持适当的距离，常言道"距离产生美"，与老板相处沟通是一门艺术，需要悟性，需要适度，也就是人们常说的"中庸之道"。

下面与读者朋友分享一个小故事，一个剪草的小孩与老板的沟通可谓别出心裁。

一个替人割草的男孩出价5美元，请他的朋友为他给一位老太太打电话。电话拨通后，男孩的朋友问道："您家需不需要割草工？"

老太太回答说："不需要了，我已经有了割草工。"

男孩的朋友又说："我会帮您拔掉花丛中的杂草。"

老太太回答："我的割草工已经做了。"

男孩的朋友再说："我会帮您把走道四周的草割齐。"

老太太回答："我请的那个割草工也已经做了，他做得很好。谢谢你，我不需要新的割草工。"

男孩的朋友便挂了电话，接着不解地问割草的男孩："你不是就在老太太那儿当割草工吗？为什么还要我来打这个电话？"

男孩说："我只是想知道老太太对我工作的评价。"

这个故事的寓意是：只有勤与老板沟通，你才有可能知道自己的长处与短处，才能够了解自己的处境。

读了这则小故事，是否能得到一些启迪呢？

平行沟通，保障效率

平行沟通是指没有上下级关系的部门和人员之间的沟通。平行沟通的障碍主要来自制度的设计。一般制度只设计了汇报关系和指令关系，即纵向沟通。按照制度设计，如果不同部门的甲和乙需要沟通一项简单的事情，需要先向各自的上司汇报；甲和乙如属于不同部门的平行关系，还需要向上司的上司汇报才有可能沟通协调解决问题。如此一来，刻板的程序必然带来低效率。

　　制度是人为制定的，其本义是加强管理、提高效率，但实际情况有些时候却是事与愿违的。

　　有专家曾说过，一个完全按照制度办事或完全不按制度办事的人都是不会成功的。我觉得这句话非常经典，非常符合现实。大家喜欢《亮剑》中的李云龙，主要在于他不按常规出牌，敢于打破常规，直奔主题，所以，日本兵才对他闻风丧胆。

　　要提高平行沟通的水平，需要适当地突破制度障碍，运用人际关系。2005年，我在任中国化工集团公司政策法规部主任时，其中"辅业改制"是我们部门当时的一项重要工作，时间紧、任务重。为了抓紧上报集团公司第三批辅业改制方案，我们调集人员加班加点完成了改制方案。按照公文运行程序，环节挺多，因为这项工作政策性强、涉及面广，在集团公司领导签发之前要经过人事、资产、财务等部门领导会签。

　　为了加快公文运行进程，按期向国务院国有资产监督管理委员会上报改制方案，我们打破常规，开展了平行沟通，主动到人事、资产、财务等部门与部门领导当面沟通，通报这批方案的主要内容及最晚上报时间，希望他们尽快会签。我们的主动上门，得到了这些部门领导的大力支持。结果几个部门的会签在一天之内搞定，大大提高了会签效率，赢得了上报的时间。

　　这一案例也充分诠释了中国化工集团公司"事在人为"的行为理念。现实生活中有很多事情是事在人为的，积极主动和常规运行的结果是不一样的。一个大公司的公文十天半月走不完程序的事情时有发生的。比如，碰上领导出差就压在了办公桌上，有的领导一忙，将公文塞到了材料堆里忘记了，这也屡见不鲜。总之，影响公文进度的环节和因素非常之多。实践证明，做好平行沟通有利于提高工作效率。职场人员既不能不讲工作程序，又不能缺乏变通思维。

下向沟通，提升绩效

对于许多职场人士来说，即是上司的下属，又是下属的上司。职场中人不仅要重视上向和平行沟通，而且要重视下向沟通。要树立下向沟通，提升绩效的理念。当今时代不能靠一个人打天下，离开了团队就没有优秀的个人。我国载人飞船的发射成功，生动地说明了这一点。该项目有上千家单位参与，10多万人的协作，尤其是翟志刚、刘伯明、景海鹏三位宇航员的团结合作、默契沟通是取得"神七出舱行走"成功的重要因素。

下向沟通的特征是沟通主体是主动者，是强势者，下向沟通需要重点掌握以下几个要点。

一是要尊重下属。沟通的直接目的是统一思想认识，调动下属的积极性，完成任务，取得业绩。任何制度、规矩、形式都不能离开这一本质。要分析每一个下属的具体情况，特别是对于年龄大、资历老、技能强的下属更应该注意尊重他们，将他们放在优势心理位置，使他们找不出消极的理由。如果下属心理上感觉受到尊重，就会打开心扉，畅通交流，乐于接受正面信息，容易达成共识，形成合力。

二是要纠正偏差。管理者的一项重要任务就是保证目标的实现。在实现目标的过程中，难免发生执行上的偏差。管理者需要通过做工作，矫正下属的言行，使之回归正常轨道。在矫正的过程中难免发生冲突，发生冲突就需要通过沟通来化解。在化解冲突的过程中既要坚持原则性，又要一定的灵活性。有些底线是不能突破的，一定要坚守，这就要考验管理者的定力。定力不强的管理者，会被下属左右，定力强的管理者才能始终掌握沟通的主动权。

三是要激励下属。积极性是靠激励出来的，激励的方式很多，如事业激励、待遇激励、情感激励、精神激励等。激励是一门艺术，内容非常丰富，这里只根据我本人的体会强调激励的时效性。如果下属作出了一项显著成绩，隔上一年半载才给予表彰奖励，那么基本上取不到什么激励效果。我的做法是对下属及时激励，我们部门坚持每周一次部门例会，主要内容是相互通报一周的工作，布置下周的任务，由我点评工作成绩，指出存在的问题。讲成绩时具体点评到人，讲问题时一般对事不对人，大家都是聪明人，需要留面子，响鼓不用重锤。实践证明，这种工作方法效果明显。

沟通需要技巧

加强企业内部的沟通，一定不要忽视沟通的双向性。作为管理者，应该要有主动与部属沟通的胸怀；作为部属也应该积极与上司沟通，说出自己心中的想法。只有大家都真诚地沟通，双方密切配合，我们的企业才可能发展得更好，更快!

当一个人犯了一个重大甚至生命攸关的错误时，沟通技巧就成为左右事态发展的重要因素。如果沟通效果好就可以大事化小，小事化了;如果沟通得不好，就有可能导致严重后果，性命难保。下面介绍的这位理发师可以说是沟通的高手。

某宰相请一位理发师理发，也许是这位理发师过分紧张，一不小心把宰相的眉毛刮掉了。这下可不得了，理发师非常害怕，弄不好会脑袋搬家。

这位理发师走南闯北，具有丰富的沟通技巧，他深知人的一般心理是"盛赞之下无怒气"。他情急智生，猛然醒悟，连忙停下剃刀，故意两眼直愣愣地看着宰相的肚皮，仿佛要把五脏六腑看个透。

宰相见他这副模样，感到莫名其妙，迷惑不解地问道:"你不理发，却光看我的肚皮，这是为何?"

理发师忙解释说:"人们常说，宰相肚里能撑船，我看大人的肚皮并不大，怎能撑船呢?"宰相听这么一说，就哈哈大笑:"那是说宰相的气量最大，对一些小事情，都够容忍，从不计较，你还真的认为肚皮里面能撑船呀?"

这时，理发师"扑通"一声跪在地上，声泪俱下地说:"小的该死，方才一不小心，将您老人家的眉毛刮掉了!您老人家宽宏大量，请千万恕罪。"

宰相一听啼笑皆非:"眉毛给刮掉了叫我今后怎么见人呢?"不禁勃然大怒，正要发作，但又冷静一想:"自己刚讲过宰相气量最大，怎能为这点小事，给他治罪呢?"

于是宰相便豁达温和地说："无妨，干脆把另一边也刮了，且去把眉笔拿来，把两边的眉毛画上就是了。"

一场危机，被理发师的绝妙沟通化解了。以上故事说明：与人沟通需要赞美，一声盛赞，盛怒难发。在与人沟通时，多出赞美之声，有利于化解矛盾。

沟通需要有韧劲

要想取得沟通的良好效果是一项很难的事情，我们不仅要敢于沟通，善于沟通，还需要在达不成沟通效果的情况下坚持沟通，这才可能取得"精诚所至，金石为开"的效果。

有统计资料表明，现在日本有13500间麦当劳店，一年的营业总额突破40亿美元大关。拥有这两个数据的主人是一个叫藤田田的日本老人，日本麦当劳社名誉社长。藤田田1965年毕业于日本早稻田大学经济学系，毕业之后随即在一家大电器公司打工。1971年，他开始创立自己的事业，经营麦当劳生意。麦当劳是闻名全球的连锁速食公司，采用的是特许连锁经营机制，而要取得特许经营资格是需要具备相当财力和特殊资格的。

而藤田田当时只是一个才出校门几年、毫无家族资本支持的打工族，根本就无法具备麦当劳总部所要求的75万美元现款和一家中等规模以上银行信用支持的苛刻条件。只有不到5万美元存款的藤田田，看准了美国连锁饮食文化在日本的巨大发展潜力，决意要不惜一切代价在日本创立麦当劳事业，于是绞尽脑汁东挪西借起来。但不如人愿，5个月下来，只借到4万美元。面对巨大的资金落差，要是一般人，也许早就心灰意懒、尽弃前功。然而，藤田田却偏有对困难说不的勇气和锐气，偏要迎难而上，寻找助他事业成功的贵人。

于是，在一个风和日丽的早晨，他西装革履满怀信心地跨进住友银行总裁办公室的大门。藤田田以极其诚恳的态度，向对方表明了他的创业计划和求助心愿。在耐心细致地听完他的表述之后，银行总裁作出了"你先回去吧，让我再考虑考虑"的答复。

藤田田听后，心里即刻掠过一丝失望，但马上镇定下来，恳切地对总裁说了一句："先生可否让我告诉你我那5万美元存款的来历呢？"

回答是"可以"。

"那是我6年来按月存款的收获，"藤田田说道："6年里，我每月坚持存下1/3的工资奖金，雷打不动，从未间断。6年里，无数次面对过度紧张或手痒难耐的尴尬局面，我都咬紧牙关，克制欲望，硬挺了过来。有时候，碰到意外事故需要额外用钱，我也照存不误，甚至不惜厚着脸皮四处告贷，以增加存款。这是没有办法的事，我必须这样做，因为在跨出大学门槛的那一天我就立下宏愿，要以10年为期，存够10万美元，然后自创事业，出人头地。现在机会来了，我一定要提早开创事业……"

藤田田一气儿讲了10分钟，总裁越听神情越严肃，并向藤田田问明了他存钱的那家银行的地址，然后对藤田田说："好吧，年轻人，我下午就会给你答复的。"

送走藤田田后，总裁立即驱车前往那家银行，亲自了解藤田田存钱的情况。柜台小姐了解总裁的来意后，说了这样几句话："哦，是问藤田田先生吗？他可是我接触过的最有毅力、最有礼貌的一个年轻人。6年来，他真正做到了风雨无阻地准时来我这里存钱。老实说，这么严谨的人，我真是佩服得五体投地！"

听完小姐介绍后，总裁大为动容，立即打通了藤田田家里的电话，告诉他住友银行可以毫无条件地支持他创建麦当劳事业。藤田田追问了一句："请问，您为什么要决定支持我呢？"

总裁在电话那头感慨万端地说道："我今年已经58岁了，再有两年就要退休。论年龄，我是你的两倍；论收入，我是你的几十倍。可是，直到今天，我的存款却还没有你多……我可是大手大脚惯了。光说这一点，我就自愧不如，敬佩有加了。我敢保证，你会很有出息的。年轻人，好好干吧！"

藤田田的故事告诉我们，贵人相助需要我们执着的努力。很多人既想得到贵人相助，又害怕贵人拒绝，说到底是不想成功。其实，贵人也想结识像藤田田一样的贵人，关键是要勇敢地、坚韧地向前迈进。

缺乏沟通带来的损失

中医理论认为："痛则不通，通则不痛。"认为人的许多病痛是由经络、气血淤积成形成，治疗病痛就是利用药物、推拿、针灸等手段疏通经络，打通气血。

在人际交往中，许多误会、矛盾就是因为沟通不畅而造成的，加强沟通有利于化解误会，成就事业，赢得人生幸福；缺乏沟通则有可能引发矛盾，影响事业，给人生带来不幸。

范蠡是我国历史上官场、商场皆得意的圣人，成为历代官员和商人的楷模。就是这样一位伟大的人物，由于沟通不畅，导致老年丧子的悲剧，值得后人引以为戒。

话说范蠡的二公子，因一点小事，在楚国与人生了气，动了手，闹出了人命案，被官府缉拿下狱，只待官府判决，不日开刀问斩。

范蠡得到这一消息之后，与夫人西施如五雷轰顶。赶紧商量对策，准备让小儿子带上黄金千镒去营救老二。并且写了一封信给昔日的好友庄生先生，请庄老先生出面斡旋。

谁知这事让大儿子知道了，救老二的活没有派给他，而且派给了三弟，老大面子上挂不住了，就找老爸论理，意思是：我作为长子，家里这么重大的事情为什么不让我去，反而让三弟去呢？岂不羞死我也！范蠡也不作解释，就是坚持要让老三去。老大可不干了，甚至要寻死上吊。这时夫人西施也在旁劝说："这老二还不知道能否救出来，是死是活，前程未卜，若为此事再送了大儿子的命可怎么办呢？"一世英明的范蠡备不住亲情的夹击，只有勉强同意了让大儿子去楚国，并再三交代要按"锦囊妙计"行事。

大儿子肩负着重大使命，赶着牛车，载着黄金日夜兼程来到了楚国，找到了父亲的老友庄生先生。一到庄生家，老大信心全失，因为庄老先生不仅年迈体弱，而且住在郊区一间简陋的房子里。老大只好按照父亲的嘱咐，说明来意，极不情愿地将千镒黄金交给了庄老先生。庄老先生连看都没有看一眼，就让他把黄金放在了茅屋里。庄老先生说，看在当年与范蠡交情的份上，会尽力而为之，并要求老大赶快离开楚国，否则，他弟弟的性命难保。

老大离开了庄家，但不相信庄老先生有能力救出二弟，并没有离开楚国，而是带着私藏的黄金去找他认识的一位在政府部门任职的官员，希望通过这位官员来营救二弟。

这庄生虽然清贫，但是楚国的有名之士，国人均尊其为师，就是楚王也敬他三分。

庄生与夫人商量，范蠡一生很少求人，也有恩于我们，我们理当尽力而为，等事成之后，这千镒黄金如数奉还，我们哪能要老朋友的金子呢。

一天，庄老先生到楚王家串门，闲聊中谈到："夜观星象，天象有变，楚国可能有灾。"

楚王一听，大吃一惊，就请教庄生，"依先生之见，如何是好呢？"

庄生说："要解此灾，大王需要做一件影响全国的好事才行。"

楚王说："哪就大赦犯人吧！"

庄生说："也只有如此。"

你看这庄生先生高不高，实在是一位高人，不显山不露水，把想要办的事情办了。

按照计划，楚王立即通知司法部门，死犯案件一律停止执行，择日实施大赦。

受托的那位官员知道了这件事情，就找来了陶朱公的大儿子，告诉他，你二弟有救了。老大喜出望外，问他原委，那官员说，楚王最近要大赦犯人，你弟弟自然就有救了。

老大一听到这个消息，挺心痛这千镒黄金的，心想，我二弟既然要大赦了，就没有必要花出这千镒黄金，就连夜跑到了庄生家。

庄生一见老大，就惊讶地说："你怎么还没有离开楚国？"

老大说："我实在不放心二弟，所以留下了。听说楚王要大赦犯人了，我弟弟就有救了，所以特意来向您老告辞。"

庄老先生是何等聪明之人，话外之音一听便明，知道老大是为这千镒黄金而来的。

庄老先生说："既然如此，这一千镒黄金还在那茅屋里，你就带走吧！"这老大也不客气，就将这一千镒黄金装上牛车，离开了庄家。

范蠡大儿子带着黄金来救弟弟的消息在楚国首都传得沸沸扬扬。有人说是楚王收受了范蠡的黄金，所以为了要救范蠡的二儿子而大赦天下，其他的犯人也跟着沾光了，如此等等，小道消息不胫而走。很快就传到了楚王的耳朵里，楚王非常气愤，怒吼道："你范蠡不是有钱吗，别以为你有钱就能在我楚国横行。"

立即传令，对范蠡的二儿子正法，然后大赦天下。这老大只有为二弟收尸的份了。

当这一消息传到范蠡家时，夫人西施晕倒在地，范蠡却没有哭。家人和亲友不解其意，希望范公道清原委。

范蠡说："我没有坚持让老三而让老大去楚国是我一生中最大的失误。我知道只有老三去楚国，老二或许有救；老大去楚国

必然是拉着老二的尸体回来。"

众人忙问何故？

范蠡说："老三没有经历过艰难困苦，从小过惯了奢华生活，挥金如土，他对千镒黄金不会看得很重，会放手让庄老先生去运作，老二可能有救。这老大与我经历过艰苦岁月，把钱看得很重，舍不得那千镒黄金，因此，不放手让庄老先生去运作，必然节外生枝、弄巧成拙，因此老二必死无疑。"

话已至此，谜底也算打开了。

范蠡的这一失误对我们后人有哪些教训呢？一是范蠡与家人沟通不够。凭着当年说服越王勾践的智慧和方法，就如何说服不了夫人西施和大儿子呢？如果把道理说清楚了，大儿子也不至于寻死觅活。就会让老大愉快地留在家里，老三尽力去楚国救兄，有可能改变结局。二是关键时刻意志不坚定。明知道大儿子不是去楚国的合适人选，却顶不住家人的压力，而改变主意，有失于一位思想家、军事家和商圣的风范。

加强沟通，坚定意志，应该是成功人士的重要品德。

第九章 ▶▶▶ 善于倾听

古人说:"能言未必真君子,善听方为大丈夫。"为人处世不仅要善于表达自己的意见,而且要善于倾听他人的意见。善于倾听既是一种智慧,也是一种艺术,倾听是对他人的尊重,也是对自己的一种"充电"。被别人尊重是人的本性,一个善于倾听的人同样也会受到他人的尊重。

人是万物之灵,随着生物的不断进化,人类由爬行的猿类进化而来,经过长期劳动,使用了火,产生了语言,使思维不断发达,进化成现代人。人类的器官非常有意思,有两只耳朵,两只眼睛,却只有一张嘴。古希腊先哲苏格拉底对此是这样解释的:"上天赐人以两耳两目,但只有一口,欲使其多闻多见而少言。"寥寥数语,形象而深刻地说明了"听"的重要性。

人与人之间需要沟通、交流、合作、共事,这种沟通、交流、合作、共事能否顺利进行,在很大程度上不在于如何讲,而在于如何听。善不善于倾听,不仅体现着一个人的道德修养水准，还关系到能否与他人建立起一种正常和谐的人际关系，关系到处世的水平。业务的开展，团队的团结，事业的成功，友情的存续，婚姻的永固，其秘诀很大程度上在于有没有情感的交流和精神的契合，善于倾听发挥着重要作用。

做一个好听众，鼓励别人说说他们自己。述说自己，是一种天性，因此，认真对待别人向你述说他自己的事，这是一种教养。孔子说，"敏而好学，不耻下问。"又说，"三人行，必有我师焉。"这是一种虚心求教的精神。亚瑟说："要留意愚昧人说的话，因为无用言语中偶尔会夹杂着宝藏。"说明任何人说的话都有可能是有价值的。

领导要善于听取不同意见

领导是群众追随的人，实现目标的人，支配资源的人，承担压力的人，引导群众的人。领导也不是万能的，也要受到知识、能力的限制。如何才能提高领导者的能力和水平呢？很重要一条就是要放低身段，倾听下属的意见，甚至反对意见。虚心倾听下属从不同角度提出的意见，有利于纠正错误，弥补不足，开阔视野，促进工作。

唐朝是中国繁荣昌盛的象征，唐朝的繁荣与唐太宗李世民从善如流，善于听取不同意见是分不开的。

谏议大夫魏征曾经是李世民政敌李建成的重要谋士。玄武门之变以后，由于李世民早就器重他的胆识才能、高尚品德，非但没有治罪于他，而且还任用他为谏议大夫，即专司向朝廷提意见之官职，并经常引入内廷，询问政事得失。魏征喜逢知己之主，竭诚辅佐，知无不言，言无不尽。加之性格耿直，往往据理抗争，从不委曲求全。有一次，唐太宗曾向魏征问道："何谓明君？何谓暗君？"魏征回答说："君之所以明者，兼听也，君之所以暗者，偏信也。以前秦二世居住深宫，不见大臣，只是偏信宦官赵高，直到天下大乱以后，自己还被蒙在鼓里；隋炀帝偏信虞世基，天下郡县多已失守，自己也不得而知。"太宗对这番话深表赞同。

魏征敢于犯颜直谏，即使太宗在大怒之际，他也敢面折廷争，从不退让，所以，唐太宗有时对他也会产生敬畏之心。有一次，唐太宗想要去秦岭山中打猎取乐，行装都已准备妥当，但却迟迟未能成行。后来，魏征问及此事，太宗笑着答道："当初确有这个想法，但害怕你又要直言进谏，所以很快又打消了这个念头。"还有一次太宗得到了一只上好的鹞鹰，把它放在自己的肩膀上，很是得意。但当他看见魏征远远地向他走来时，便赶紧把鹞鹰藏在怀中。魏征故意奏事很久，致使鹞鹰闷死在太宗怀中。

贞观十二年，魏征看到唐太宗逐渐怠惰，懒于政事，追求奢靡，便奏上著名的《十渐不克终疏》，列举了唐太宗执政初到当前为政态度的十个变化。他还向太宗上了"十思"，即"见可欲则思知足，将兴缮则思知止，处高危则思谦降，临满盈则思挹损，遇逸乐则思撙节，在宴安则思后患，防拥蔽则思延纳，疾谗邪则思正己，行爵赏则思因喜而僭，施刑罚则思因怒而滥"。对于李世民反省改过起到了重要作用。

　　虽然有时唐太宗也恨过魏征，甚至扬言要杀了这个乡巴佬，但冷静下来，还是能够接受魏征的进谏，使自己避免了一些失误。

　　魏征去世后，李世民很难过，曾深有感触地对朝中大臣说："用铜做镜子，可以使穿戴整齐；以历史为镜子，可以知道以往各个朝代存亡的原因；以人为镜子，可以知道自己的得失过错，现在魏征逝去，我失去了一面镜子。"给予魏征很高的评价。李世民也成为善于倾听不同意见的典范。

倾听是最好的谈话

　　谈话既是语言的交流，也是心灵的沟通。谈话的目的或是消除误会，或是传播知识，或是达成共识，或是表达意向。在现实生活中，有些人尤其是销售人员有着极强的表现欲，在与人交谈中口若悬河、滔滔不绝，恨不得把所有的观点一股脑塞进别人的头脑，结果却事与愿违、令人生厌。其实，在与人交谈的过程中，倾听是一种最好的谈话方式，通过倾听不仅可以获得新的知识，而且可以赢得他人的好感。

　　卡耐基是20世纪最伟大的成功学大师，美国现代成人教育之父。他一生致力于人性问题的研究，运用心理学和社会学知识，对人类共同的心理特点进行探索和分析，开创了一套独特的融演讲、推销、为人处世、智能开发于一体的成人教育方式。接受卡耐基培训教育的有社会各界人士，其中不乏军政要员，甚至包括几位美国总统。千千万万的人从卡耐基的培训教育中受益。

卡耐基不仅是一位精彩的演讲者，而且是一位谦虚的倾听者，从而赢得了良好口碑。

有一次，卡耐基到一位著名的植物学家家里做客，这位植物学家热情地接待了卡耐基，整个晚上那位植物学家津津有味地给卡耐基讲各种千奇百怪的植物。而卡耐基则听得津津有味、目不转睛，像个特别喜欢听故事的孩子，中间只是偶尔问了几句。

没想到，这场谈话持续了四五个小时，时至半夜卡耐基离开时，这位植物学家还握着卡耐基的手，显得特别高兴和满足。他兴奋地对卡耐基说：你是我遇到的最好的谈话专家。

非常有趣的是，卡耐基一个晚上根本没有说什么，居然获得了"最好的谈话专家"的美誉。因为这位学富五车的植物学家很久没有遇到这样的听众了，这天晚上得以尽情地满足了他倾诉的欲望。懂得尊重别人的人自然会得到别人的尊重，卡耐基被植物学家称为最好的谈话专家也就在情理之中了。

倾听是成功的秘诀

乔·吉拉德是全球公认的最伟大的汽车销售员，许多营销人员向他请教成功的秘诀，乔·吉拉德说他的成功得益于两大秘诀，即倾听和微笑。乔·吉拉德认为，倾听和微笑是人类两种非

常伟大的力量。

乔·吉拉德说："在销售过程中，你倾听得越长久，对方就会越接近你。而有些推销员一见到顾客就喋喋不休，没完没了，结果令人生厌，指望在这样的情况下能成交业务是不可能的。"

乔·吉拉德说，有人拿着100美元的东西，却连10美元都卖不掉，为什么？你看看他的表情。一个销售员的面部表情很重要，既可以拒人千里之外，也可以使陌生人成为朋友。

微笑可以增加你的价值。乔·吉拉德这样解释他富有感染力并为他带来财富的笑容：皱眉只要9块肌肉就够了，而微笑，不仅用嘴，用眼睛，还要用手臂、用整个身体。他说："当你微笑时，整个世界都在笑。一脸苦相的人没有人愿意理睬。从今天起，直到你生命最后一刻，开心微笑吧。""世界上有60多亿人口，如果我们都找到两大武器：倾听和微笑，人与人就会更加和谐，事业就能更加成功。"乔·吉拉德说。

许多企业家深谙倾听之道，把倾听员工意见作为管理的重要方法，通过倾听员工意见不断改进管理工作，通过倾听充分调动员工的积极性和创造性。万豪国际酒店集团的当家人小马里奥特被业界称为"倾听式CEO"。

小马里奥特以四处巡视旗下酒店，倾听员工意见为乐事。他有一次巡视酒店，注意到顾客对餐厅女招待的服务评分不高。他问问题出在哪里，经理说不知道。但是，小马里奥特注意到了经理不安的身体语言，接着问女招待员的待遇是多少。得到回答之后，他接着问为什么女招待的待遇比市场标准低。经理说加薪要总公司决定，而他不想提出来。

对话不过30秒，但是小马里奥特发现了三个严重的问题：第一，总公司管得太多；第二，高层重视利润胜过顾客满意度；第三，经理不敢提加薪要求，说明他的上级是糟糕的倾听者。当然，小马里奥特很快解决了问题。

这是关于怎么做决策的完美案例，在小马里奥特看来，这更是一个关于倾听的案例。他说："我所做的，只是改变这位经理什么都不说的习惯，并且告诉他，有人愿意倾听他的问题——这是他的上级主管显然不愿意做的事。"

小马里奥特很重视倾听，也善于倾听。作为"倾听式CEO"，他总结了十点经验值得其他经理人学习借鉴。

一是乐于倾听基层员工的声音。小马里奥特习惯直接倾听员工的声音。

二是倾听对方的身体语言。要从肢体语言中，发现对方想要隐藏的信息。

三是善用自己的肢体语言，表示自己对正在谈论的主题很有兴趣。

四是保持适当的沉默。不要太早表示自己已经作了决定。

五是不要以表达方式是否迷人，来判断信息是否准确。小马里奥特发现："一个人能言善辩、善于表达，并不表示他的想法都正确。相反，有些人内向害羞、不善言谈，他的话可能值得一听。"

六是不要有选择性倾听。在20世纪80年代末，酒店业的过度扩张已经很严重，但是小马里奥特盲目自信，只把注意力放在正面的消息上，最终付出了惨痛代价。小马奥特总结说："选择

性倾听，几乎和完全不倾听一样糟糕。"

七是要主动倾听，也就是说，要提问。"这个技巧对高层主管特别重要，这些人因为位高权重，通常与普通员工不亲密。"小马奥特推荐问这样一个问题："你认为呢？"

八是倾听顾客的心声。"在万豪，我们依靠顾客告诉我们，哪些做对了，哪些做错了。这是确定我们是否提供他们所想要的服务的唯一方法。"比如，酒店以前为了美观都尽量把插座隐藏起来。通过调查商务旅客，万豪发现插座需要调整：随着笔记本电脑的流行，商务旅客希望房间里的插座要看得见，而且要随手够得着。

九是听到问题之后，要及时解决问题，这才是倾听的本意。

十是要知道什么时候该停止倾听。到了某个时候，必须停止辩论和收集事实，要根据已经拥有的信息来做出决定。

小马里奥特认为，知道什么时候停止倾听，是测试公司整体倾听技巧的关键时刻。显然，小马里奥特不仅自己倾听，还在打造公司整体的倾听能力。

善于倾听的小马里奥特，带领善于倾听的万豪，进入了《基业长青》一书赞誉的"高瞻远瞩的公司"的行列，跟IBM、通用电气、花旗银行、迪斯尼、索尼等公司排列在了一起。

哪个金人最值钱

曾经有个小国的使者来到唐朝时期的中国，进贡了三个一模一样的金人，它们栩栩如生，金碧辉煌，把皇帝高兴坏了。可是这小国同时出了一道题目，考验大唐人能否回答：这三个金人中哪个最值钱？

皇帝想了许多办法，请来珠宝匠检查，称重量，看做工，都是一模一样的。怎么办呢？使者还等着回去汇报呢。泱泱大唐，不会连这个小事都不懂吧？

最后，有一位退休的老大臣说他有办法解决这个难题。皇帝将老者请到大殿，老臣胸有成竹地拿着三根稻草，插入第一个金人的耳朵里，这根稻草从另一边的耳朵出来了。第二个金人的稻草从嘴巴里直接出来了。而第三个金人，稻草进去后掉进肚子里，什么响动也没有。老臣说："第三个金人最有价值！"

外国使者默默无言，敬佩老臣的智慧。

这个故事告诉我们，最有价值的人，不一定是最能说的人。老天给我们两只耳朵、一个嘴巴，本来就是让我们多听少说的。善于倾听，才是成熟的人最基本的素质。

第十章 ▶▶▶ 远离是非

　　林子大了什么样的鸟都有，人多了什么样的人都有，生活在社会中的人难免会受到是非的侵扰。面对是非要坦然处之，千万不要掺和进去。当是非之箭射向我们之时，要保持沉默，让事实去澄清。处世要远离是非，是非止于智者。是非之事天天都会发生，如果不去理会，自然就没有了。

　　如果遇到了糟糕的环境，复杂的人际关系，在个人不能改变的情况下，可以选择环境，远离险境，远离是非，这是处世的智慧。

　　俗话说："人言可畏。"有时候，人言是非可以杀人，古时有之，今日不鲜，我国每年约有20多万人死于自杀，其中有一部分自杀的原因来源于流言蜚语。如何应对是非，是处世的重要课题。

谣言瓦解六国

秦始皇得以统一六国，依靠的不仅是军事实力，而且是离间之计。出此计谋者是从楚国投奔秦国的李斯。李斯向秦始皇献计：秘密派遣谋士带着金玉珍宝去游说诸侯国的权贵们，施反间之计，对掌权的人物能收买的，就多送礼物加以收买；不能收买的，就用利剑把他们杀掉，使其君臣关系分崩离析，然后再挥兵直取，里应外合，让他们防不胜防，将他们逼到山穷水尽的地步。此计正合秦始皇之意，便任命李斯负责此项工作。

在李斯的导演下，当时的六国被整得鸡犬不宁，君臣不和，大臣不睦，其中魏王与信陵君的分裂具有一定的代表性。

公元前247年，秦军攻打魏国，魏军节节败退，在危急时刻，魏王想到了足智多谋的信陵君。信陵君10年前因窃符救赵得罪了魏王，不敢回国，住在了赵国。魏王派使者请信陵君回国，信陵君开始没有答应，经使者反复劝说，信陵君感到自己是魏国人，还应以自己国家的利益为重，打消了顾虑，随使者回到了魏国。魏王任命信陵君为上将军，主持抗秦战事。

信陵君领命后，决定实施联合诸侯抗秦的策略，他派出使者向各国求援，说服各国君主联合抗秦。由于信陵君在各国威信很高，都愿意参加联军，于是赵、韩、魏、楚、燕五国联合起来。他们的联合说明秦的确对东方各国的威胁很大，各国都害怕秦国。对秦国而言，打败五国联军也确实不容易。结果一交战秦军被联军打得大败，退回函谷关。秦王感到，想要破除东方抗秦力量，必须除掉联军的主谋信陵君。经过精心谋划，想出了一个计谋。什么计谋呢？就是挑拨离间信陵君与魏王的关系，就如同当年在长平之战挑拨廉颇与赵王的关系一样。李斯派人，带着大量财物到魏国活动，他们买通魏国有关人士，让他们散布信陵君的坏话。有人说："信陵君在国外待了十年，现在统帅魏国军队，魏国军队都成了魏公子的私家武装了。"还有人说："信陵君不仅统帅魏国军队，这次还统帅五国军队，各诸侯都知道有信陵君无忌，哪里还知道有魏国的国王！"甚至还有人说："如果信陵君趁此时机自立为王，各诸侯国都畏惧信陵君，一定会帮助他夺权！"

秦为了使这些谣言广为传播，多次派人去魏国活动，还假装问在秦国的魏国使者，信陵君什么时候时当上魏王了？可喜可贺！

魏王几乎每天都听到这样的消息，起初不信，后来越传越多，越传风声越大，使得他也信以为真了，于是大怒，下令免去信陵君上将军的职务，剥夺了他的兵权。

信陵君内心非常痛苦，有口难辩。他伤透了心，无意再找魏王申辩，也没有用行动取得魏王的信任。他称病不朝，整日在家中与宾客彻夜饮酒，与妻妾厮混，花天酒地，自暴自弃，在一次痛饮之后，醉酒身亡。信陵君一死，五国联盟也自然解体了。

秦国得到信陵君死去的消息，感到心腹之患已除，急忙派军队攻打魏国。秦国先灭魏国，其他国家也先后被秦国吞并，最终一统中国，完成霸业。

在这个案例中，魏王无疑是一个悲剧性人物，他因缺乏大智慧，听信了谣言，辨不清是非，冤枉了忠良，失去了社稷。信陵君是一个无奈的人物，枉有连横良策，统军奇才，但无法与一位不信任自己的昏君表白忠心，报国无门，只有任凭花开花落，生命回归。

不信谣言保良将

相比信陵君来说，乐羊将军要幸运得多，因为乐羊将军遇到了一个信任自己，明辨是非，不信谣言的君主。

魏文侯是春秋战国时期有名的君主，中山国国君昏庸无道，魏文侯便想乘机举兵讨伐。在征求了大臣们的意见之后，他决定起用平民出身的乐羊为大将。乐羊文武全能，是个难得的人才，但他有一个儿子恰好在中山国当官。魏文侯召见了乐羊，明白地说出了自己的意图和疑虑，乐羊拍着胸脯表示，自己决不会徇私情，会公事公办，大义灭亲，并且果断表示一定要拿下中山国。魏文侯很高兴，便调遣5万人马给他，向中山国进军。战事进行顺利，很快打到了中山国国都。中山国国君果然拿乐羊的儿子乐舒做文章，威逼着他到城楼上，劝说乐羊退兵。乐羊岂肯退兵，反而要求中山国国君尽快投降。中山国国君便采用缓兵之计，让乐舒要求给他们一个月的时间考虑，乐羊答应了，不再攻城。中山国国君一看，以为是乐羊爱子心切，不敢攻城，便不再想办法，依然享乐。只是到了一个月的时候，便派乐舒上城楼要求再考虑一个月，乐羊又答应了，如此又过了三个月。乐羊的属下对这种做法表示不满，乐羊解释道，我不是为了顾全父子之情，只是为了收买人心罢了。我们如果一味攻城，只会让中山国的人团结起来，同仇敌忾对付我们，而这样呢，中山国国君再三食言，就会大失民心。而魏文侯对乐羊的做法似乎表示理解，什么也没有问，只是不断地犒赏军队，并告诉乐羊，正在魏国给他盖房子，等着他回国享受。

就这样，又过了一个月，中山国国君还是不投降，乐羊便命令攻城。中山国国君再拿乐舒威胁，乐羊不为所动，任凭他们将乐舒做成肉羹。魏军很快攻破了中山国国都。

乐羊得胜班师，魏文侯亲自出城迎接，大摆宴席，百官祝贺奉承，乐羊面露骄色。宴会后，魏文侯赠送了乐羊两只大箱，乐羊以为是金银财宝，回家打开一看，里面全是攻打中山国的时候，大臣们弹劾他的奏章。各种危言耸听的中伤，恶毒的诽谤，应有尽有，乐羊读得是汗流浃背，心想：若不是明君信任自己，自己恐怕早成了阶下囚，于是骄傲之心全无。第二天，魏文侯赏赐他的时候，他坚决推辞。魏文侯这时说出了现代管理者都应当学习的一段话："一个好的管理者，必须善于用人，而要使用好一个人，必须做到信任他，否则，有再好再多的人才也等于零。如果你怀疑这个人，就不要使用；而使用的人才你就要放手让他去做，你做好保障工作就行了。攻打中山国，我知道只有你乐羊最适合担当此任，并且，在起用你之前，我就做了大量细致的考察，知道你是可以信任的，所以才会用而不疑，现在你果然不负所望，赏赐是应该的，你就不要推辞了。我封你为灵寿君，请即刻上任吧。"

乐羊非常有幸，遇到了一位用人不疑的明君。乐羊也以智慧和忠诚尽到了一个臣子应尽的职责。

不"妄语"，不"两舌"

佛教从东汉时传入我国，经过改造与中国文化相融合，得到了迅速发展，中国成为佛教的第二故乡，被融合后的佛教还从中国输出到了朝鲜、蒙古、越南等周边国家。佛教之所以得以在中国得到发展，是因为它能够满足普通民众追求真善、讲究因果、期望来世等愿望。

佛教的戒律甚多，规矩很细，涉及人的衣、食、住、行乃至起心动念。据律典载：比丘戒广则无量，中则三千威仪，八万细行，略则二百五十戒；比尼戒广则无量，中则八万威仪，十二万细行，略则三百四十八戒。佛教最基本的行为规范，即守"五戒"，行"十善"。"五戒"是：不杀生、不偷盗、不邪淫、不妄语、不饮酒。"十善"是：不杀生、不偷盗、不邪淫、不妄语、不两舌、不恶口、不绮语、不贪、不瞋、不痴。

"五戒""十善"中的"不妄语"和"不两舌"都是要求佛教徒不得挑拨是非、造谣中伤。佛教要求弟子做老实人，说老实话，做老实事，"妄语"和"两舌"不仅有违社会公德，而且损害个人的信誉，会使人生理、心理出现紊乱，不得安宁。

虚云法师说："诸境本无事，庸人自扰之。"因此，我们要远离是非，用超然的心态去看世间的自然景观，察社会人间百态，

不要深陷是非陷阱。

因此"妄语"和"两舌"不仅佛教徒应当戒除，而且普通民众也应当远离。

人言是非能杀人

在这个世界上不仅刀枪能杀人，而且人言是非也能杀人。人言是非是指一些别有用心的卑鄙小人，有意制造谣言、挑起是非、颠倒黑白，营造一种舆论环境，蒙蔽不明真相的民众，给一些正直、善良的人施加社会压力，使一些注重名声、心理脆弱者无法承受舆论压力，或精神崩溃，或自杀身亡。这样的案例古今中外，屡见不鲜。

我国著名的电影艺术家阮玲玉在不到30年的演艺生涯中主演了29部电影，其中《三个摩登女性》《城市之夜》《神女》《新女性》等影片，被认为是中国早期电影的经典之作。她以朴实、细腻而传神的表演，征服了无数观众的心灵。就是这样一位年轻、漂亮、聪慧的女性在卑鄙小人和人言是非的折磨下走上了自杀之路。对于阮玲玉的死，人们深表惋惜，引发了对人性的思考。鲁迅说："无拳无勇如阮玲玉，可就正做了吃苦的材料，她被额外的画上了一脸花，没法洗刷。"表达了人言杀人的愤恨。

阮玲玉为广东人，父亲早逝，家境清贫，靠母亲为人帮佣过活。1925年初，母亲被雇主辞退，生活陷于窘迫，这时张达民慨然予以资助，故阮玲玉乃以身相许，不久两人同居。张达民乃一纨绔子弟，终日游手好闲、坐吃山空、嗜赌成癖，很快将其父的遗产挥霍殆尽。阮玲玉屡屡劝之，但张达民却依然故我。而此时阮玲玉因主演电影《挂名夫妻》名气愈来愈大，张达民一次次向阮玲玉伸手要钱，用于赌博、玩女人，不给就跑到摄影棚大闹。阮玲玉因张达民有恩于她，曾苦口婆心劝张达民浪子回头，但张达民并不为之所动。这使阮玲玉陷入绝望境地，她曾服毒自杀未遂。1932年因阮玲玉之荐，张达民到香港瑞安轮船公司工作，后因贪污公款被公司开除，再次成为无业游民，于家不顾，云游四方。

在上海的交际场中，性喜玩弄女明星的唐季珊早对阮玲玉垂涎已久，在唐季珊的甜言蜜语及银弹攻势下，1933年阮玲玉开始与唐季珊同居。

张达民回到家里发现人去楼空，方知阮玲玉与唐季珊共筑爱巢，怒不可遏，扬言要对簿公堂。唐季珊对阮玲玉并非真心相待，在得手之后将她玩弄于股掌之间，甚至还另结新欢。两个人魔已将阮玲玉折腾到了崩溃的边缘，加之各大媒体又大肆炒作、落井下石，连篇累牍地报道阮玲玉和两个男人之间的风流韵事，诬蔑、攻击、谩骂，接踵而至。人魔和是非终于将这个弱女子推向了深渊，一代影后，香消玉殒。

如何面对流言蜚语

我曾就如何对待人间是非和流言蜚语做过一些思考，并且将我的一些想法与朋友进行过交流。2008年6月，有一位朋友向我诉说了他遇到流言蜚语的困扰，很长一段时间心灵为此受伤，白日精神恍惚，夜间难以成眠，希望听听我的想法。于是，我与他谈了一些不成熟的想法和建议。我在2008年6月23日的博客上记载了此事，现与读者朋友分享。

近日一位好友向我倾诉，说他最近遭到了莫名其妙的流言蜚语攻击，于是他很郁闷，想听听我的建议，如何面对流言蜚语？

于是，我与他谈了一些不成熟的想法和建议。

流言蜚语是指毫无根据的话，指背后散布的诽谤性的坏话。

其实生活中的多数人特别是稍有成就的人，都免不了遭到流言蜚语的攻击。比如，无产阶级的领袖马克思很伟大吧？当年他也经常遭到反对派的攻击。他是如何应对流言蜚语的呢？我记得他有一句名言，大意是：将这些流言蜚语当作蜘蛛网一样轻轻抹去，继续前行。我国汉朝的史学家司马迁伟大吧？但他不仅遭到流言蜚语的攻击，而且受到了男人最难接受的宫刑。中国共产党领袖毛主席伟大吧？然而他也经常遭到流言蜚语的攻击，并且多次被免去职务，甚至开除党籍。邓小平同志了不起吧？大家都知道他不仅遭到流言蜚语的攻击，甚至遭到人身迫害，经历过"三落三起"的人生波澜。因此，但凡想成就一点事业的人，都要有心理准备，注定要承担更多的挫折和打击，应该勇敢地面对流言蜚语，化压力为动力，奋发图强。否则在流言蜚语面前就会趴下，萎靡不振。

面对流言蜚语，不要把它当一回事儿。流言止于智者。能够打倒自己的不是别人，而是自己。面对流言蜚语，我们应该好好反思自己，是否有哪些地方做得不够。如果确实有做得不够的地方，就应该加强修养，改掉缺点。如果自己做的事情是正确的，一时别人不能理解，那么自己应该坚持，让时间来证明自己的正确，用不着急于证明什么。舌头在人家嘴里，让他说去吧！你就是你自己，如果能够做到不要太在意别人对你的议论，不要太在意别人对你的评价，不要太在意别人对你的流言蜚语，那么，你就成功了一半。老子曰："是以圣人云，受国之垢是谓社稷主，受国不祥是为天下王，正言若反。"就是告诫人们，要想成就事业，就要有承受委屈、流言、诬陷的能力，而且这种能力对于一个人的成功特别重要。

最后，我开导朋友说：这个世界是丰富多彩的，什么样的人都会有，有的人在兢兢业业、勤勤恳恳地工作，有的人在夜以继日、发愤努力地学习，而有的人却在无事生非，唯恐天下不乱，唯恐别人进步。这种人深受嫉妒心理的危害，这种人是十分可怜的。到头来，受害的不是别人，而是他自己，因为，他们将宝贵的时间和精力用在了害人不利己的事情上。中国有句古话叫做："天作孽犹可存，自作孽不可活。"那些以害人为始的人，最终会以害己为终。

朋友听了我的这些想法和建议，心情豁然开朗。近日给

我打来电话说，现在，觉也睡得着了，饭也吃得香了。听后，我深感欣慰。

面对流言蜚语，需要大智慧。在社会不断进步，经济不断发展，科技不断创新，生活不断改善的形势下，还需要我们的心灵不断成长。当代"经营之圣"稻盛和夫先生在回答"我们的人生的意义是什么"时说："人生的过程，就像磨炼灵魂的砂纸，人们在磨炼中提升心性，涵养精神，成长心灵，带着比降生时更高层次的灵魂离开人世，这就是人生的目的。除此之外，人生再无别的目的。"可见成长心灵，提升灵魂对于处世，对于人生是何等重要！

第十一章 ▶▶▶ 能藏善露

能藏善露体现了中西文化融合的特色。人们一般认为，中国是一个历史悠久的礼仪之邦，其文化更多地呈现出内敛、含蓄、人情、礼让，渗透着大智慧。西方文化则更多地反映个性、张扬、竞争、法制，体现着重激情。我认为，不能简单地评判中西方文化孰优孰劣的问题，而是各有千秋。不同的人对中西文化有不同的认知，即使同一个人在不同的时间和场合，不同的年龄阶段也应该采取不同的文化理念和处世策略。一般来说，年轻阶段，应该以竞争、进取、善露为主，通过积极的"出世"确立个人在社会中的地位，赢得自己的发展空间和资源。进入老年之后，应该以"入世"为主，多一些内敛、放弃、礼让，享受生命的果实。孔子所说"人生三戒"只是从大的方面而论，其实并不是绝对的，即便在进取、竞争、善露的年轻阶段，也需要在一些场合内敛、放弃、礼让。即使在老年阶段，也需要竞争、进取、善露。为人处世的关键是要懂得权变，感悟情景，进退有度，

"到什么山唱什么歌""到什么季穿什么衣"。运用好能藏善露的
处世艺术，可获得圆融幸福的人生。

谁能忍受胯下之辱

洁白的物品容易污，锋利的刀刃容易折，木秀于林易风摧，
出头的椽子易腐烂，这是人们常见的自然现象。我们应当从这些
自然现象中得到感悟，受到启迪。但凡欲成就大业者，要学会收
敛、养晦，减少前行的阻力，注意保护自己。如果过于张扬，处
处争强好胜，将会在人生的道路上消耗过多的资源，影响人生
事业。

"胯下之辱"是发生在我国历史上伟大军事家、战略家和军
事理论家韩信青年时期的故事。

韩信在我国历史上可是一个了不起的、露足了面的人物，他
是帮助刘邦打败项羽，取得汉朝天下的重要功臣，也是影响历史
的重要人物。流传后世的与韩信有关的成语、俗语就多达80多
个，这些成语、俗语跨越2000年的历史时空，仍然流传在现代
人的口中，如：淮阴少年、千金一饭、汉中高对、解衣推食、明
修栈道，暗度陈仓、韩信将兵，多多益善、锋不可挡、独当一
面、半渡而击、背水一战、四面楚歌、十面埋伏、战无不胜、以
德报怨、伪游云梦、能屈能伸、钟室之祸、成也萧何，败也萧
何、鸟尽弓藏等。谁曾想到就是这样一位叱咤风云的历史人物，
他在少年时却能忍受胯下之辱，咽下难咽之气，韩信不愧为我国

历史上能藏善露的典范。

韩信很小的时候就失去了父母，主要靠钓鱼换钱维持生活，经常受一位漂洗丝绵的老妇人的周济，屡屡遭到周围人的歧视和冷遇。一次，一群恶少当众羞辱韩信。有一个屠夫对韩信说："你虽然长得又高又大，喜欢带刀配剑，其实你胆小如鼠。有本事的话，你敢用剑来刺我吗？如果不敢，就从我的裤裆下钻过去。"

韩信自知刺死这个无赖会带来无穷的麻烦，只有强压怒火，当着许多围观者的面，从那个屠夫的裤裆下钻了过去。这就是史书上记载的"胯下之辱"。

俗话说："能伸能屈大丈夫。"韩信不愧为大丈夫、大英雄，他做到了处世能藏善露，在该藏的时候能藏，该露的时候能露。

更令人敬佩的是韩信能够不计前嫌。据说韩信做了大将军后，还去看过这个屠夫，不但没有报复他，还让他作了手下的中尉。

惟不争，故无尤

《贞观长歌》是一部难得的好电视剧，许多朋友可能看过这部电视剧。《贞观长歌》既讴歌了在唐太宗李世民的领导下大唐的政治昌明、军事强大和经济强盛，也阐述了为官做人的道理。

吴王李恪、魏王李泰与太子李承乾之间的争斗淋漓尽致、触目惊心，有些手段大大超越了兄弟之情，最终他们都成了牺牲

品。而一向不党不私，能藏善露的晋王李治却喜出望外地成了受益者，成了大唐王位的继承者。

唐朝皇帝姓李，一直将姓李的老子视为老祖宗，因此，《道德经》被历任唐朝皇帝视为经典。晋王李治的老师赵恭存的品德和道行令人景仰。当年仅为仓库管理员的赵恭存，因为忠于职守，保护府库里十个铜钱，被颉利的世子砍去了一只手臂。

后来他当了晋王的老师，教育晋王潜心学习、韬光养晦、能藏善忍。教他皇上召见王子时，要找个角落里坐下，让哥哥们去露脸争论，能不说话尽量不要说话。

晋王对老师的话言听计从，终于取得了成功。当确立晋王为太子时，按照常规，他这个教了14年晋王的恩师该大沾其光了，太宗有意安排赵恭存任户部尚书，这可是个既有实权又有油水的职位，然而赵恭存为了不影响今后的皇帝李治"不党不私"的治国方针，自演了一出贪污晋王府500两金子的假戏，好让晋王痛恨他，得以辞别晋王，以平民身份还乡。这个赵恭存不愧为世外高人，他的高尚品行万古流芳。

《贞观长歌》让我们鉴古观今，受益匪浅。我想正如《道德经》里所说的"夫唯不争，故无尤"，老子的处世智慧值得我们学习借鉴。

卡内基主动揽责

以上我们讲了人生幸福需要收敛、养晦、能藏的道理，但是仅有收敛、养晦、能藏是远远不够的，尤其对于年轻人说，还需要审时度势、抓住机遇展示自己。好酒也怕巷子深，该出手时也要出手。机遇对于人来说，稍纵即逝，机不可失，失时不再来。

20世纪初，美国钢铁大王卡内基创造出4亿美元资产的纪录，在当时竟超过了美国的国防预算。为此，有人问起他成功的秘诀，卡内基回答说："有两种人绝对不会成功，一种是除非别人要他做，否则，绝不会主动做事的人；另一种则是即使别人要他做，他也做不好事情的人。只有那些不需要别人催促，就会主动去做应该做的事，而且主动到底的人才会成功！"

卡内基一辈子都是在积极主动中度过的，这里举一个他刚参加工作时的一个事例，可能对我们一些渴望成功的年轻人会有所启迪。

卡内基16岁那年，在美国西部铁路管理局局工作。有一天，铁路局收到一封加急电报："货车在阿尔图纳附近的单轨线路上被堵塞，客车从早上开始已堵了4个小时。"

在当时，铁路管理局有一个铁的纪律：不管遇到什么情况，只有管理局长才有权下达对列车的调度命令，如若有人胆敢违反禁令，不问任何理由，立即革职。这类电报必须请求管理局局长斯考特处理，可斯考特外出了，不知道什么时候回来。

当卡内基拿到这封电报后，无论怎样也无法与斯考特局长联系上，他知道多耽搁一分钟，就会给铁道公司多造成一分经济和名誉的损失。于是，责任心和使命感使他有了足够的勇气，他斗胆走进了斯考特局长的办公室，查看了货车的配位图，立刻发现了阻塞的原因，于是提笔拟好了电文，并冒名签上斯考特的大

名，然后拍发了出去，从而使塞车的事故得到及时解决。

斯考特局长几个小时以后回来发现塞车的电报后，立即拟了一封电报让卡内基发出去，卡内基看了看电报的内容后窘迫地说："我先前已经拍发了一封同样的电文了……"斯考特严厉地追问是谁签的字，卡内基只好承认是自己冒名签的。斯考特一语不发，目光森严地盯着他看了一会儿，什么也没有说就离开了。

后来，斯考特晋升为宾夕法尼亚铁路局的副董事长，卡内基想随他去，斯考特意味深长地对卡内基说："你的才能远非是做一个电报员，我已向董事长推荐你任匹兹堡管理局局长，这次扩大了匹兹堡管理局的职能，现在的宾夕法尼亚地区将进入你的管辖之内。"

当时还不到24岁的卡内基做梦也没有想到，他不但接替了斯考特的职务，而且还拥有了更大的管辖范围。升到了匹兹堡管理局局长的职务上，卡内基能够清楚地了解全国的经济和发展的方向，这为他以后成为几乎垄断了美国钢铁市场的钢铁业巨头做了准备。

以上案例告诉我们，有时候善露是要承担风险的，经济学的规律告诉我，风险和收益是正相关关系，即风险越大，收益越大。善露就是强调要把风险控制在可控范围之内，而不是盲目地冒险。当年的卡内基之所以敢于违反规定，假冒斯考特局长之名发出调度电报，是因为卡内基在做电报员这个小职员的时候，就已经熟悉了铁路的运行规律，掌握了铁路局的管理程序，具有驾驭复杂局面的能力。就像医生一样，看准了病情才敢于下药，才能够药到病除。卡内基的敢于打破常规，勇于担责，挺身而出的勇气和智慧值得今天的人们学习借鉴。

把信送给加西亚

说到积极主动，不能不讲一讲罗文。罗文是美国一名中层军官，1881年西点军校毕业。罗文之所以出名，并不是因为他作战勇敢，甚至他有没有打过仗都考无实据，他实际上仅仅是做了一件送信的差事。可是，正是因为罗文成功地把信送给了加西亚将军，从而使得他名垂青史。事情是这样的：

1898年，美国和西班牙因为殖民地古巴的独立问题发生了战争。美西战争爆发后，美国必须跟西班牙的反抗军首领加西亚将军尽快取得联系。可是加西亚将军一直隐蔽在古巴的丛林里，没有谁能够知道他的确切地点，所以，无法送信给他，而美国总统需要尽快得到他的合作。

美国军事情报局的首脑麦金利问瓦格纳上校："我上哪儿可以找到一个能够把信送给加西亚的人呢？"

有人推荐了一位叫罗文的年轻中尉，"罗文有办法找到加西亚，也只有他才能把信送给加西亚。"

"好，那就马上派他去！"瓦格纳命令道。

他们把罗文找来，交给他一封总统签名的致加西亚将军的信。罗文把信放入一个油纸袋中，简单收拾了一下行装就上路了。

至于罗文怎样从华盛顿坐火车出发，怎样上了开往牙买加的

"艾迪罗德号"船，怎样与反抗军接上头，然后乘船航行4天4夜，趁夜幕降临的时候在古巴海岸登陆，消失在丛林中，又怎样一路千方百计、千辛万苦、千山万水、千难万险，终于把信送到了加西亚将军手中，并获得了美国所需要的军事情报，这一切现在看来都不重要。重要的是罗文接到这个使命以后，并没有去问："加西亚在什么地方？""我到哪里才能找到他呢？""万一找不到他怎么办？"

罗文是一个不要任何借口，一心一意干好自己工作的人。一路上碰到的许多意想不到的困难都要靠自己去解决。这种自动自发和克服一切困难的勇气和信心是他成功的保证，而这种勇气和信心来自于他对事业的忠诚，来自于他内心涌起的必胜的信念、来自于他积极主动的精神。

罗文一信功成，一露名就。罗文是后人学习的榜样。

第十二章 ▸▸▸ 少欠人情

人情就是人的感情。人情与债务既有区别又有联系，区别主要表现在债务是经济概念，人情是社会概念，人情不需要等价交换。联系主要表现在都是人与人之间的交往，从潜规则上来看，人情需要大致相当，如果相差太大，双方的交往会存在障碍。比如，张三和李四是朋友，张三的小孩到李四家时，李四给了张三家小孩500元的红包，而李四家的小孩到张三家时，张三家如果只给李四家小孩200元红包，人们会感到张三不懂人情，欠了李四家的人情债。按照潜规则，张三给李四家小孩的钱应该相当或多于500元。

人情是为人处世的一项重要内容。《红楼梦》中有一句著名的诗句叫做："世事洞明皆学问，人情练达即文章。"将人情世事提到了学问与文章并列的高度。在现实生活中我们不难看到一个成功的人士可以没有学历，但不能不懂人情，但凡成功人士都是人情练达的人。据介绍浙江省有一个非常有名的民营企业家，他没有上过学，除了自己的名字几乎不认识其他的字，他的电话号码本上画着步枪表示派出所所长，画着手枪表示公安局局长，他的解释是公安局局长比派出所所长官大枪就小。而他的企业做得非常好，他与省、市、县各级领导都保持着良好的关系，大家都认可并愿意帮助这位民营企业家。其原因是这位民营企业家人情练达，世事洞明，有益社会。

作为一个成功人士，在人情账上应该保持正数，不要产生负数，如果保持正数的话，证明对别人奉献得多，索取得少。我们常说，人生的意义在于奉献，而不在于索取。

物质是人情交往的载体，但不是最重要的载体，我认为人情最重要的载体是感情。比如，逢年过节给亲友打个电话，发个短信表示祝贺；出门在外的游子每周给老家的父母打个电话问候一声；在酒店吃饭时得到服务员的帮助道一声感谢；迎面碰到陌生人给一个微笑。这些都与物质钱财无关，却是一种人情的回报或施予，会创造一种良好的氛围，营造一个良好的人际磁场。对此我做过许多试验，我开车从地下停车场上来时，都不忘记给保安按声喇叭，保安会给我一个微笑。而我们经常看到的是不少人不会微笑，不肯问好，经常板着严肃的面孔，好像别人都欠了他的债没还似的，这种人走到哪里，哪里关系就紧张、气氛凝重。

在人际交往中，要防止变异的人情。有些人为了获得某项利益，对手中握有实权的人大肆行贿，而美其名曰"人情"。对于这样的"人情"，要慎之又慎，一旦领受这样的"人情"，将会受制于人。我国有一句俗话叫做："拿了人家的手软，吃了人家的嘴软。"许多身陷高墙的人，就是从领受别人的所谓"人情"开始的。

作为社会关系集合的人，不能不懂人情，对待处理人情的要诀是少欠人情。

君子之交淡如水

我国是一个人情社会，生活在这个社会，容易感受到人间温情、社会温暖，负面影响是，容易被人情所累，尤其是在快节奏的现代社会。有些单位人情盛行，送礼成风，礼尚往来，许多人尤其是一些初涉职场的年轻人，左右为难。碰上单位领导和同事家办喜事，不凑份子怕得罪人，凑份子不仅时间忙不过来，而且经济上难以承受。

即使是在这个人情社会，我国历来有许多有识有智之士奉行"君子之交淡如水"的处世之道，营造风清气正的人际氛围，从而受到人们的崇敬。

郑板桥是我国清朝著名的诗人、画家、文学家，科举为康熙时期秀才、雍正时期举人、乾隆时期进士，曾任山东范县知县，后以助农民诉讼及办理赈济，得罪豪绅而罢官。他淡泊名利，为官清廉，坦荡直率，为世人所称道，他为后人留下了许多关于为人处世的宝贵精神财富。

郑板桥一向洁身自好，不与贪官污吏同流合污。当时许多官绅都愿意与他交往，为的是附庸风雅，提高名声，还有的官绅想得到他的字画，为自己脸上贴金。有一次，一个州台大人庆贺生日,几次派人去请郑板桥。郑板桥无奈,带上一轴画和一缸酒,前去祝寿。州台大人十分高兴,命人把酒打开,一人一杯。大家一尝,原来是水,可谁也不好说破。郑板桥拿过画轴,写下一副对联"君子之交,淡淡如水",随后扬长而去。大家面面相觑,谁也不敢做什么评论。

蓝星公司创始人任建新从公司成立之日就把"君子之交淡如水"作为企业文化的重要内容,特别强调淡化人际关系,为的是不让员工为复杂的人情所累,集中时间和精力用于干事业,做工作上,并且身体力行。

本单位同事结婚办喜事,大家凑份子在社会上习以为常,而在蓝星却不允许。有一次,蓝星总公司机关有位女职工结婚,工会的一位老同志趁任建新不在,牵头凑起了份子。任建新知道后,不仅批评了这位老同志,而且责令他将收到的份子退还每个人。尽管这位老同志十分为难,但任建新决定不搞特殊。

任建新并非无情,他为的是蓝星机体健康,灵魂纯洁。其实他是个情深义重的人。每年蓝星公司评出的百名先进人物都登报表彰。为了奖励星火化工厂再创业工程中的功臣,任建新个人出资3000元为功臣发奖。万吨有机硅开车期间,因突然停电,有位职工在现场处理事故呛了氯气,任建新亲自冲好牛奶送到这位职工手上。

1994年4月的一天晚上,任建新从电视上得悉长春发生31名女工因苯中毒住院的消息后,第二天他召开总经理紧急办公会议,动员职工捐款,并无偿将蓝星公司拥有的系列无苯技术转让给沈阳一家胶粘剂生产企业。

警惕变味的人情

正当的人情是亲友之间的往来，人情是你来我往的情谊，是没有功利的人际交往。人情一旦带有功利目的，就是变味的人情，对待变味的人情要引起警惕。

我国每年都有数以万计的公务人员和企业管理人员因权力寻租而受到党纪国法制裁，不仅给家庭带来不幸，而且使国家受到损失。这些人可谓是社会精英，他们都很聪明，但无一外地是有聪明，却少智慧。如果他们能够从先贤身上汲取智慧，慎初慎小，拒绝变味的人情，也许能够改变人生轨迹。

《淮南子》记载了一个公仪休拒鱼的故事，值得一读。公仪休是鲁国宰相。他在饮食方面最大的爱好就是吃鱼，他的生活习惯是可以三日无肉，不可一日无鱼。一些有求于他的人知道这一情况后，通过各种渠道给他送鱼，但公仪休一律拒收。他的弟弟觉得这样做太过分，劝他接受别人的一点儿人情也无妨，何必太认真呢？

公仪休却说："正因为我喜欢吃鱼，所以我不能收别人送的鱼。别人凭什么给我送鱼，目的是想让我违反制度和原则为他们办事谋利。我收受了别人送的鱼，如果不帮别人办事，那么就欠了别人的人情；如果违背制度和原则帮别人办了事，那么，必定会损害国家利益，违反职业道德，长此以往，就会走向犯罪的深渊，我宰相的位子就不保。没有了官职和俸禄的时候，既没有人

再给我送鱼了，自己也没有钱买鱼了，也就没有鱼吃了。而我不收别人的鱼，保住自己的相位，就能够长久地靠自己的俸禄买鱼吃。你说我应不应该收别人送的鱼呢?"

公仪休的一番话，说得弟弟心悦诚服。公仪休的这番话，2000多年后的我们听来也非常有道理，也不得不敬佩公仪休宰相的智慧。

提防变味的"人情"，需要有智慧，应当从小事做起。

绝不做个欠债鬼

汶川地震中上演了一出现代川人讲究诚信，临死不欠人情，将特殊遗嘱写在手腕上的动人故事。

这个故事的主人公是德阳市什邡市汉旺镇一个化工厂的职工，他的名字叫刘德云。地震发生后他被埋在了废墟下。不知道过了多久，刘德云有些绝望了。此时，他用还能活动的右手，掏出随身携带的圆珠笔，在左手腕上写下了"我欠王老大3000元"的特殊遗嘱。刘德云说，写下这句话后，他安心了许多，因为他不想做个欠债鬼。

2008年5月16日下午6：30，地震发生后整整过去了100个小时。虚弱得已近昏迷的刘德云被救援官兵抬出来时，看到了自己的女儿。随即，他的目光望向自己的左手腕。女儿扑上去，发现父亲左手腕上，歪歪扭扭写着一句话："我欠王老大3000元。"

经过324医院野战医疗队紧急抢救，刘德云第二天清醒过来。他告诉女儿：“如果我告别人世，手腕上那句话就是我留给你的遗嘱。”

这是一份惊天地、泣鬼神的特殊遗嘱。从刘德云身上，我们看到了中国传统美德的弘扬，人性光辉的闪耀，值得我们大家学习。

一个处于绝望中100个小时的人，此刻应该会想到许多事，想留下许多话，而刘德云这个普通的工人，却将欠人情债当作人生的耻辱，只要有一口气也决不做欠债鬼，即便自己无法偿还也希望子女偿还。刘德云这份特殊遗嘱不愧为处世的楷模，闪现了人性的光芒。

父债子还

大家可能都熟悉“父债子还”的古话。这句话的意思是欠人家的钱是不能不还的，即使父亲还不了，就由儿子来偿还。这是中国人讲究诚信，少欠人情的体现。

我们老家有一位老人，心脏病发作，送到省城医院治疗，医生建议做心脏搭桥手术。手术前，老人执意要回家一趟，说有事情要交代。到家后老人把儿子叫到床前，摸出了一个小本子，交给了他看。老人告诉儿子这个小本子上记下了人情债，如果这次治不好，要儿子一定帮他偿还这些人情债。

本子上记载着某年上小学时，有一次放学回家饿晕在路上，村东的李大婶送给他一碗稀饭，让他重新站起来；某年过春节，

家里穷得年夜饭没有着落，村西的王大婶拉他进去吃了一顿饱饭；上中学的时候，同桌把自己带的饼子分了一半给他；考上大学时全村人非常高兴，因为没有路费到省城学校去，乡亲这家一元，那家五角帮助凑足了路费，老人都一笔一笔详细记录了下来。

其实老人大学毕业后在城里工作，为家乡出了不少力，对遇到困难的亲友给予过慷慨的捐助，但这个小本上却没有任何记载。儿子问老人小本上为什么只记欠别人的人情，而不记给别人的人情？老人说："我国有一句古话，叫做'施惠勿念，受恩不忘。'意思就是给予别人的帮助就把它忘记，不要老念叨，别人给我的恩惠则要永记心间，滴水之恩当涌泉相报。"

老人说别小看那时候的一碗稀饭，半块饼子，那是不能用金钱来衡量的。还有上大学时候乡亲们帮凑的路费，那些钱也不是一般意义上的钱，而是无价的情义。如果我这次病好不了，你们一定要帮我还上这份人情，多为家乡和亲友给予帮助，你们就是我的孝子。

两个儿子都在老人的床前作了保证，一定要努力奋斗，多为家乡作出贡献，加倍偿还人情。

轻易不要向别人借钱

向别人借钱，或者借钱给别人是人际交往时经常遇到的问题。在生活过程中，谁都难以保证不会碰到困难，遇到急需要花钱但手上拮据的时候。在这种情况下，常常会向亲友开口借钱，哪怕碰钉子也在所不惜。否则，一般不要轻易向别人借钱。

希望自己的资金安全是人之常情，钱一旦借出去就会使资金处于风险之中，别人会担心借出去的钱是否能够按期收回，当自己急需用钱的时候是否指望得上。如果将钱借给做生意的人风险更大，生意一旦亏本，不仅不能按期还钱，还有可能打了水漂，这些是谁都不希望发生的状况。

最好不要向本单位同事借钱，借了同事的钱，相当于欠了同事的人情，在一家公司上班，难免天天见面，会觉得不自在，会有一种受制于人的感觉。不是万不得已，不是交情至深的同事，最好别开这个口。

有一位同事讲了他向朋友借钱的经历和感受，也许能够引起读者朋友的共鸣。这位同事的儿子结婚在城里购买房子，资金上有10多万元的缺口，他壮着胆子试探着跟4位要好的朋友开口借钱，结果是：第一位朋友说真想伸手相帮，只是孩子的舅舅买房子把家里钱都借走了，无能为力；第二位朋友说这两年刚买了房子又娶儿媳妇，手头实在没有闲钱，只能表示爱莫能助；第三位朋友说自己在家不当家，每月夫人只给几百元零花钱，其余都由夫人管着；第四位朋友倒是爽快地说到时候需要的话，我给你准备一些。但这位朋友明显是喝酒过多时的酒话，到兑现的时候酒话能不能算数还两说。开口向别人借钱的确是一件为难的事情。

当然，人情是双向的，你急需时是否容易向朋友借到钱，取决于你平时是否对朋友慷慨出手，受到过你慷慨帮助的朋友，在你有困难时自然会鼎力相助。

总之，那些愿意把钱借给你的人，一定是你真正的好朋友，他们是你一生都不该忘记、辜负和疏远的人，不要忘了：滴水之恩当涌泉相报。

最好不要开别人的车

随着我国经济的快速发展和居民生活水平的不断提高，现在越来越多的轿车走进居民家庭，借车现象也频繁出现在人际交往中。

如遇特殊情况，亲友之间，相互借车，互通有无也合情合理，无可非议。但是一般情况下最好不要开别人的车。

一般来说，私家车是别人的心爱之物，大都不喜欢别人使用。加之现在车多路挤，路上"二把刀"不少，你不撞人家，人家有可能撞你，一旦出现交通事故撞坏了车，虽说上了保险，但车主肯定心里不痛快，自己也会挺尴尬。

每个人都有自己的驾驶习惯，不同系列的车，操作起来差别不小。比如自动挡不同于手动挡，开自动挡的人不一定开得了手动挡，开手动挡的人也不一定习惯自动挡。即使同是手动挡，车系不同，装置有别，有的车倒挡在前面，有的车倒挡在后面。另外有的车制动效果特别好，有的车制动效果较差，使用制动力度与提前量会有差异。开车上路，尤其是高速公路和崎岖山路是存在较大风险的，操作稍有不当就有可能酿成事故，特别是自己不太熟悉的车辆。

　　我有个朋友，有几年手动挡车驾龄，车技不错。2013年春节回老家过年，正月初一那天，亲戚因喝酒过多让她开一辆自动挡新车，在宽阔的公路上不知怎么就跑到了对方车道上与对面的一辆小车相撞，两辆轿车严重受损，其中有个小孩脑袋撞伤，并且我的朋友承担全责。尽管双方都有保险，亲戚当面也没有说什么，但我的朋友觉得特别尴尬，整个春节期间痛苦不堪。我给她又是打电话，又是发短信，一个劲儿地安慰、开导她。她得出的教训是今后再也不开别人的车了。

第十三章 ▸▸▸ 圆融变通

　　哲学规律告诉我们，世界是物质的，物质是运动的，运动是有规律的，规律是可以把握的。静止是相对的，运动是绝对的。要掌握自然和社会规律，必须树立运动和变化的观念，否则就会闹出"守株待兔"和"刻舟求剑"的笑话。

　　我国"五经"之首的《易经》的"易"就有变易之义，阴阳八卦就是在自然界的天、地、雷、风、水、火、山、泽变化的基础上推演出来的。中国哲学强调五行变化，相生相克，水生木，木生火，火生土，土生金，金生水；水克火，火克金，金克木，木克土，土克水。老子的《道德经》充满着"有无相生，难易相成，长短相形，高下相盈，音声相和"的对立统一思想和"祸兮福所倚，福兮祸所伏"的变化理念。

　　《易经》曰："穷则变，变则通，通则久。"意思是事情发展到了尽头，就要转变，有了转变才会通达，有了通达才能持久发展下去。这句话是教育人们在遇到困境的时候要懂得寻求变化，只有变通变化，才能突破现状，迎来新境。纵观我国历史，正是秦孝公不拘一格任用卫国商鞅，才使变法开启了秦国之伟业，移风易俗、国富民安；正是蔺相如抱着"先国家后私仇"的信念不以上卿居位高，才感化廉颇"负荆请罪"，留下一曲千古传唱的《将相和》；正是项羽选择破釜沉舟、背水一战，才成就"百二秦关终属楚"的辉煌；正是曹孟德不计前嫌委以重任于陈琳，才为"三国成一统"的大业加上极重一筹。

不仅中国智者注重变通变化，西方哲人也重视变通变化。古希腊辩证法思想的创始人赫拉克利特提出："一切皆流，无物永驻"的观点，宣称"太阳每天都是新的"，认为"我们存在而又不存在"，断言"人不能两次踏入同一条河流"，因为我们下次踏入的河流的水已经不是上次踏入时的水了。

德国哲学家莱布尼茨说："世界上没有两片完全相同的树叶。"就像这个世界上没有完全相同的两片树叶一样，也没有完全相同的两个人，即使是看上去似乎相同的双胞胎，也有可能一个好动，一个好静，一个喜咸，一个喜淡。我们在人际交往过程中要注意观察，研究每个人的不同特点和习惯，尽量做到"一把钥匙开一把锁"，这样才有利于人际和谐，人生幸福。

不要一条胡同走到黑

一位科学家做过一个有趣的试验，把10只蜜蜂和10只苍蝇装进一个玻璃瓶中，然后将瓶子平放，让瓶底朝着窗户。结果，蜜蜂不停地想在瓶底上找到出口，一直到它们力竭而死；而苍蝇则会在不到两分钟之内，穿过另一端的瓶颈逃逸一空。蜜蜂以为，出口必然在光线最明亮的地方，它们不停地重复着这种合乎逻辑的行动。对蜜蜂来说，玻璃是一种超自然的神秘之物，它们在自然界中从没遇到过这种不可穿透的大气层；而它们的智力越高，这种奇怪的障碍就越显得无法接受和不可理解。而那些苍蝇则对事物的逻辑毫不留意，全然不顾亮光的吸引，四下乱飞，结果误打误撞碰上了好运气。

这个试验告诉人们，仅有顺向思维是不够的，还需要有逆向思维，当一条路走不通时，不妨探索另外的新途径，不要一条胡同走到黑而不回头。在我们的现实生活中随时会撞上无法理喻的"玻璃之墙"，在进一步则死，退一步则亡的情况下，不妨往旁边走。在这个充满变革的时代，要学会圆融变通，用不同的方式思考问题，处理关系。墨守成规或一味模仿他人，难免会失败。

孔子东游，来到一个地方感觉腹中饥饿，就对弟子颜回说："前面有一家饭馆，你去讨点饭来!"颜回到了饭馆，说明来意。

饭馆主人说："要饭吃可以啊，不过我有个要求。"颜回忙道："什么要求?"主人回答："我写一字，你若认识，我就请你们师徒吃饭喝酒，若不认识就乱棍打出。"颜回微微一笑："我虽不才，可我也跟师傅多年。别说一个字，就是一篇文章又有何难?"主人也微微一笑："先别夸口，认完再说。"说罢拿起笔写了一个"真"字。颜回哈哈大笑："你也太欺我颜回无能了，我以为是什么难认之字，此字我颜回五岁就认识了!"主人微笑着问："此为何字?"颜回说："是认真的'真'字"。店主冷笑一声："哼，无知之徒竟敢冒充孔老夫子门生，来人！乱棍打出。"

颜回挨了棒打，哭丧着脸来见老师，说了认字、挨打的经过。孔老夫子微微一笑："看来他是要为师前去不可。"说罢来到店前，说明来意，那店主同样写下一个"真"字。孔老夫子答道："此字念'直八'也"。那店主笑道："果是夫子来了，请！"就这样好吃好喝不用花一分钱。颜回百思不得其解地问道："老师，你不是教我们那字念'真'吗？什么时候变成'直八了'？"孔老夫子微微一笑："有时候一些事是认不得'真'的啊。"

我们无须考察史料是否真实，只需感悟其中的道理，能够从中受到启迪。

"变易"是百经之首的《周易》的重要思想，"变易"是指：宇宙万物、人类社会，无时无刻不在发生变化，世界上唯一不变的是变化本身。生活在这个世界上的人就要因人制宜、因时制宜、因地制宜。灵活而不是固守，多变而不是单一，既能权衡轻重，又能随机应变，才能在变化的环境中立于不败之地。不能适应变化者将会被时代淘汰。强大的恐龙之所以从地球上消失，就是因为恐龙不能适应环境的变化。

山不过来，我就过去

有一位大师，一直潜心苦练，终于练就了一套"移山大法"。有人虔诚地请教大师："大师用何神力，才能够移山？我如何才能练出如此神功呢？"

大师笑道："练此神功也很简单，只要掌握一点：山不过来，我就过去。"

现实世界中有太多的事情就像"大山"一样，是你无法改变的，或者至少是暂时无法改变的。当你遇到这种情况时该如何才好？是学习愚公率领子孙每天去挖山呢，还是把家搬出大山呢？学习愚公挖山也许可以感动上帝，帮你把大山搬掉，把家搬出大山则更理性。

当事情无法改变的时候，你就不妨改变自己。只有改变自己，才会最终改变别人；只有改变自己，才可以最终改变属于自己的世界。山，如果不过来，那你就自己过去吧！

当顺向走不通的时候，你不妨逆向走一走，也许有意想不到的效果。比如，怎样解决集体合影眨眼的问题，有人提出不是叫一二三让大家把眼睛睁大，而是让大家先把眼睛闭上，叫一二三让大家同时把眼睛睁开，这样照出来的照片基本上可以解决眨眼的难题。当葡萄酒瓶塞取不出来的时候，不妨用力把它塞进去，同样可以达到倒出葡萄酒的目的。

一位富豪在城郊有一个私人林园，每到周末总会有人到林园摘花，拾蘑菇，有的甚至搭起帐篷在草地上野营，弄得林园到处狼藉。

林园管理人员在四周围上篱笆，并竖起"私人林园，禁止入内"的木牌，但也无济于事。于是，管理人员只得向富豪请示，富豪想了一会儿，让管理人员做一些大牌子立在各个路口，上面醒目地写着："如果在林园被毒蛇咬伤，最近的医院距此15公里，驾车约半小时即可到达。"

警示木牌立上之后，再也没有人闯入这个林园。富豪利用人们害怕被毒蛇咬伤的心理，轻而易举地化解了难题，达到了目的。

欲擒故纵得安宁

我们以往接受的书本知识是两点之间直线最短，而现实生活往往相反，有时曲径比直线更近。有些事情直来直去办不成，而采取迂回变通的办法效果可能会更好。

一位教授退休回到老家，在老家的小城买了一座房子，想在那里写写回忆录，安静地度过自己的晚年。

刚开始的几个星期，一切都很好，安静的环境对老教授的写作很有益。但有一天，几个小男孩放学后来这里玩，他们把几只破垃圾桶踢来踢去，孩子们高兴得不亦乐乎，老教授却被噪声吵得心烦意乱。

老教授本想出面制止孩子的行为，但一想，可能难以达到目的。于是老教授采取了迂回的方式来处理这起棘手的难题。

老教授来到小朋友中间和他们打招呼："小朋友：你们玩得真开心！我很喜欢看你们踢桶玩，如果你们每天来玩，我给你们每天每人一元钱，怎么样？"

几个小孩很高兴，更加起劲地表演他们的足下功夫。过了三天，老教授忧愁地说："现在通货膨胀很厉害，我的收入减少了一半，从明天起，我只能给你们每人每天5角钱。"

小孩们很不开心，但还是答应了这个条件。每天下午放学后，继续去进行踢桶表演。一个星期后，老教授愁眉苦脸地对他们说："最近没有收到养老金汇款，对不起，以后每人每天只能给两角钱了。"

"两角钱？"一个小孩脸色发青，"我们才不会为了区区两角钱浪费时间为你表演呢，我们不干了。"

从此以后，老教授又过上了安静的日子。这位老教授的处理方法非常聪明，如果去责怪小孩吵了他，禁止小孩玩，既有可能取不到效果，还有可能会闹得不愉快。而换了一种欲擒故纵的方法，让小孩自己放弃踢垃圾桶，达到安静的目的，无疑是上策。

截竿进城留笑柄

我国历史上不知变通的寓言典故有很多。从前有一个鲁国人，有一次要准备进城办事。他为亲戚带了一根长竿，到了城门外，心里不禁犯起难来。他坐在城外的土堆旁，看看城门，又看看手里的竹竿，皱皱眉，摇摇头，一副无可奈何的样子。

有人问他："你为什么不进城呢？"他回答道："我拿着这么长的竹竿，怎么能进得去呢？"问他的人心中好笑，却故意问："你没有试过，怎么知道竹竿拿不进城呢？"

这人回答说："这还用试吗？城门比竹竿矮一大截，城门宽度又比竹竿窄得多，我怎么能拿得进去呢？"说着，他真的站起来，拿着竹竿到城门口横竖比划起来。围观的人都在窃窃地发笑，人们故意谁也不去点破他，看他到底怎么办。

这时，一位风趣的老人走到他身边一本正经地说："年轻人，有什么难事我可以帮你吗？"这人一看是一位上了年纪的老人，觉得他肯定见多识广，有办法帮助自己，于是便告诉了老人自己的困难。老人听后笑着说："既然你想听我的，我就给你出个主意：把竹竿折断了，你不就可以进城了吗？"那人听了老人的话，果然把竹竿折断了。在场的人都笑得前仰后合。

这则故事讽刺了那些头脑僵化、不知变通的人，告诉我们，一些事情死搬教条是行不通的，只要稍加变通，就可以解决问题。

守株待兔的教训

"守株待兔"的故事已经讲述了近千年，今天还在讲述，因为类似宋朝农夫的故事版本在不断翻新，因此还有继续讲述的必要。

正版"守株待兔"的故事是这样的：宋朝有个农夫正在田里翻土。突然，他看见有一只野兔从旁边的草丛里慌慌张张地窜出来，一头撞在田边的树桩子上，便倒在那儿一动也不动了。农民走过去一看：兔子死了。因为它奔跑的速度太快，把脖子撞折了。农民高兴极了，他一点儿力气没花，就白捡了一只又肥又大的野兔。他心想，要是天天都能捡到野兔，日子就好过了。

从此，农夫再也不肯出力气种地了。每天，他把锄头放在身

边，就躺在树桩子跟前，等待着第二只、第三只野兔自己撞到这树桩子上来。世上哪有那么多便宜事啊。农民不但再没有捡到撞死的野兔，他的田地也荒芜了。

这是一则脍炙人口的故事。兔子自己撞死在树桩子上，这是生活中的偶然现象，宋国那个农夫却把它误认为是经常发生的必然现象，捡兔子成了他的思维定势和工作的全部。当一段时间捡不到兔子之后，没有及时调整思维和安排工作，以致落得个兔子没有捡到，田园荒芜了的下场，甚至成为千古笑柄。

后人应该从这个故事中汲取教训，一是不要把偶然当必然，一只兔子撞到树桩上是一种偶然现象，如果把它当成必然现象并据此安排工作计划必然失败。二是应该根据变化的情况及时调整工作计划，不能因循守旧、墨守成规。宋朝农夫在树桩跟前守个十天半个月也情有可原，而守上个一年半载以致田地荒芜就有点说不过去，只能说他太死板了，因此，当作千古笑柄也就在所难免。三是应该多征求别人的意见，当我们作出一项重大决策时，应该听听家人和同事的意见。宋朝那里不可能与今天相比，可以请咨询公司咨询，但也应该听听家人与邻居的意见，家人和邻居中也可能有明白人，如果农夫去请教明白人，也许能够让他改变主意，不至于在树桩下面守那么长时间，耽误农时，造成损失。

天上掉下个"财神爷"

2006年我作为嘉宾参加了北大案例中心组织的一次圆桌讨

论会，讨论的主题是如何激励中层管理人员的积极性。我应邀在会上作了发言，净雅餐饮集团的餐饮部长时华龙等参加了会议，当时小时提了一些问题，我就他提出的问题作了解答，得到了他们的认可，我们相互交换了名片，会后还进行过联系。两年后与朋友到净雅就餐，想起了时华龙，向服务员打听小时是否在？服务员说，小时是她们的领导，晚上正在值班。服务员马上联系了时龙华，说有老朋友来了。不久我见到了小时，非常高兴，小时向我介绍了净雅的最新发展，并告诉我，净雅出了一本《净雅的管理故事与哲理》的新书，并让服务员给我们每人送了一本。该书由《中外管理》杂志社总编杨沛霖任总编，机械工业出版社出版。服务员周到的服务、静雅的环境和可口的饭菜给我们留下了深刻的印象。

在享受佳肴的同时，还认真品读了《净雅的管理故事与哲理》，100多个富有哲理的故事使我加深了净雅发展历史、开拓创新、企业文化的认知。下面与读者朋友分享其中一例"机遇无处不在，贵在变通争取"的小故事。

2007年11月的一个傍晚，寒意袭人，但来德盛净雅就餐的客人络绎不绝。如往常一样，这个黄金时间所有的房间都早已满座。

这时，一位王女士带着几位朋友来净雅就餐，并询问是否还有包间。订餐员抱歉地说："雅间已满，您看去零点厅是否可以？"

王女士一听没有房间，面露不悦并准备离开。

此刻，正在餐厅巡察的张主管赶忙走来，问明情况后，通过对讲机与服务员取得联系后得知，有两个雅间的客人基本用餐完毕；还有一个雅间虽已被预订，但客人半小时后才能赶到。张主管立刻将王女士一行安排到被预订的雅间，而这整个处理过程，不足5分钟，王女士满意地点点头。

餐中，王女士的朋友对胶东的大馍馍赞不绝口，张主管便悄悄准备了4个大馍馍和一些胶东的特色面食，安排服务员精心包装后免费送给了客人。意外的惊喜让王女士一行人非常满意，都夸王女士有眼光，吃饭来对了地方。

几天后，王女士带着她老公又来光顾净雅。她老公原是另一个高档酒店的大客户，自此后，他们便成了净雅的VIP，先后预付消费30万元人民币，成为净雅不折不扣的"财神爷"。

"来的都是客，全凭嘴一张"。在净雅营销理念中，无论长幼尊卑一视同仁，只要客人有需求，都要尽量满足。正是凭着这一理念，净雅聚拢了一批高忠诚度的回头客。

做餐饮需要变通，做任何工作都离不开变通。

第十四章 ▶▶▶ 大智若愚

"大智若愚"是大家熟悉的成语。意思是才智出众的人表面看来好像愚笨，因为他们不炫耀自己。这句成语出自《老子》，"大智若愚，大巧若拙，大音希声，大象无形"。大智者，愚之极致也。大愚者，智之其反也。外智而内愚，实愚也；外愚而内智，大智也。外智者，工于技巧，惯于矫饰，常好张扬，事事计较，精明干练，吃不得半点亏。内智者，外为糊涂之状，事事算大不算小，达观、大度，不拘小节。智愚之别，实为内外之别，虚实之分。

大智若愚在生活中的表现是不处处显示自己的聪明，低调做人，从不在人前夸耀自己，抬高自己，做人的原则是厚积薄发、宁静致远，注重自身修为、层次和素质的提高，对于很多事情持大度开放的态度，有着海纳百川的境界，从来没有太多的抱怨，能够踏实做事，对于很多事情不求一时成就，追求远大目标，不计较外界的掌声和诽谤，忍辱负重，坚持不懈。很多时候大智若

愚者不能脱颖而出，而是要经历磨砺，伴随挫折，大器晚成，笑到最后。

　　大智若愚之道，不仅是人生顺境时的良方，而且是人生逆境时的法宝。在我国历史上有许多智者，面对险恶的政治环境，就是运用大智若愚之策和装疯卖傻之计而避免灾难，东山再起的。同样，也有许多聪明伶俐者就是由于锋芒毕露，逞强显能而招致杀身之祸的。

　　在大多数人信仰亚当·斯密"经济人假设"理论，崇尚西方人个性张扬、勇于竞争、锋芒毕露理念的今天，如果我们能够汲取中国传统文化中的大智慧，在适当的时空运用大智若愚之道，可能会在处世立业中收到喜出望外的成效。

每个人的知识都是有限的

　　世间知识浩如烟海，每个人的知识都是有限的。大哲学家苏格拉底经过一生的探索才达到"自知己无知"的境界。

　　我们穷其一生，也仅能涉猎人类知识的沧海一粟，明白了这些道理，谁都没有骄傲的理由，谁都不应该看不起别人，而应当保持谦虚的态度，知道自己的知识有限才是大智。

　　哲学规律告诉我们：真理是相对的，向前迈出一步就有可能成为谬误。

　　水的沸点是100摄氏度似乎是人们公认的常识，其实水的沸点会因海拔的不同而有所变化。海拔越高，沸点越低，在高山地区，水的沸点远低于100摄氏度。在珠穆朗玛峰，水的沸点只有71摄氏度。"天下乌鸦一般黑"是大家熟悉的一句话，意思是说乌鸦的颜色都是黑的，是大家普遍认可的常识。最近，我读到一遍文章，说"天下乌鸦一般黑"的结论是错误的，在莫斯科就有灰色的乌鸦。真理有一定的适用范围，如水在标准气压下是100摄氏度沸腾，超出了这个范围就不是100摄氏度沸腾。

吃得亏，坐一堆

吃得亏是一种为人处世的态度，一般来说，聪明人善于算计是不会吃亏的，只有真正愚蠢的人和大智慧的人能够吃亏。真正愚蠢的人是因为智商不如人，吃亏就在情理之中，而大智慧的人吃亏却在情理之外，是因为他们懂得"吃亏便是福"。因为能够吃亏和厚道，所以能够交到更多的朋友，能够建立广泛的人脉资源，形成磁场效应，即上面说的"坐一堆"。

当有了人脉资源，可能协调更多资源的时候，就能取得互利共赢的效果。纵观历史和现实，许多杰出的成功人士，都深谙"吃亏是福"之道。其中华人首富李嘉诚便是其中杰出的代表。

有人问李泽楷："你父亲教了你一些成功赚钱的秘诀吗?"李泽楷说，赚钱的方法他父亲没有教，只教了他一些为人处世的道理。李嘉诚曾经这样跟李泽楷说："你与别人合作，假如你拿7分合理，8分也可以，那么拿6分就可以了，多让些利给别人，更有利于长期合作。"

　　李嘉诚的意思是，你吃亏可以争取更多人愿意与你合作。你想想看，虽然他只拿了6分，如果多了100个合作者，那么就能拿100个6分；假如拿8分的话，100个人会变成5个人，结果是亏是赚可想而知。李嘉诚一生与很多人进行过或短期或长期的合作，分手的时候，他总是愿意自己少分一些利。如果生意做得不理想，他就什么也不要了，愿意吃亏。这是一种风度，是一种气量，也正是这种风度和气量，才有人乐于与他合作，他的事业也就越做越大。所以李嘉诚的成功更得益于他的处世之道。

　　吃亏是福，乃人生的大智慧。不管你是做老板也好，还是做合作伙伴也罢，别人跟着你有好日子过、有奔头，他才会一心一意与你合作，跟着你干。

　　有人与朋友一旦分手，就翻脸不认人，不想吃一点儿亏，这种人是否聪明不敢说，但可以肯定的是，一点儿亏都不想吃的人，只会让自己的路越走越窄。让步、吃亏是一种必要的投资，也是朋友交往的必要前提。在现实生活中，人们对处处抢先、爱占小便宜的人一般不会有什么好感。占便宜的人首先在做人上就吃了大亏，因为他不为别人考虑，眼睛总是盯着自己的利益，迫不及待地想占有它。他周围的人对他肯定反感，几个来回就再也不想与他继续合作了。合作伙伴一个个离他而去，那他的路就会越走越窄。

　　舍得舍得，有舍才有得。在与人合作的过程中主动吃些亏，会赢得更多的机会。若一个人处处想占便宜，难免会侵害别人的利益，于是纷争迭起、四面楚歌，岂有不败之理？

装疯卖傻地瞒天过海

在政治风云变幻中，有时当危险要落到自己头上时，通过装疯卖傻，可以达到瞒天过海、保全自身、完成任务的目的。

《红岩》作品中有一个名叫华子良的共产党地下工作者，在国民党的白色恐怖统治下，为了营救渣滓洞中的共产党员，完成党组织的任务，他长期装成疯子，过着非正常人的生活，从而使狱警放松了警惕，使他有机会完成一个又一个重大任务。

我国古代著名的军事家孙膑演绎的大智若愚、装疯卖傻的故事成为千古美谈。

孙膑和庞涓同为鬼谷子的学生，所学专业为战争谋略。庞涓学业不如孙膑，但公关能力特强。庞涓学成之后将文武艺卖给了魏国，深得魏惠王器重，不久就执掌了魏国兵权。孙膑毕业之后仍然留在老师身边深造了一段时间，因此就业的时间比庞涓晚了一些。

魏惠王听到孙膑的名声，有一次跟庞涓说起孙膑。庞涓派人把孙膑请来，跟他一起在魏国共事。孙膑虽然知道庞涓人品不佳，但也并不惧怕，于是决定前往一试。孙膑来到魏国后，经庞涓推荐得以与魏王相见，魏王与孙膑一番长谈之后，感觉孙膑文才武略都在庞涓之上，显出更加器重孙膑之状。此时庞涓感到了来自孙膑的威胁，妒火中烧，于是找了一帮人诬告陷害孙膑，把孙膑定罪为齐国间谍，并施以膑刑，即剜去双腿膝盖骨，使之残废不能行走。庞涓之所以没有处死孙膑，是希望孙膑写出《孙子兵法》。庞涓一方面出谋划策陷害孙膑，一方面装出保护孙膑的假状，以获得孙膑的感恩。后来孙膑通过狱卒知道了事情的真相，便上演了一出大智若愚、装疯卖傻的连续剧。

身陷绝境的孙膑决定佯狂诈疯，以轻庞涓的警惕之心，然后再图逃脱之计。一天庞涓派人送晚餐给孙膑，只见孙膑正准备拿筷子时，忽然昏厥，一会儿又呕吐起来，接着发怒，张大眼睛乱叫不止。庞涓接到报告后亲自来查看，只见孙膑痰涎满面，伏在地上大笑不止，过了一会儿，又号啕大哭。庞涓非常狡猾，为了考察孙膑狂疯的真假，命令左右将他拖到猪圈中，孙膑披发覆面，就势倒卧猪粪污水里。

此后庞涓虽然半信半疑，但对孙膑的看管比以前大为松懈。孙膑也终日狂言痴语，一会儿哭，一会儿笑，白天混迹于市井，晚上仍然回到猪圈之中。过了一些日子，庞涓终于相信孙膑真的疯了。这才使孙膑不久得以被齐国使者救出，逃出魏国，来到齐国。

孙膑到齐国后，上演了"田忌赛马""围魏救赵""孙膑减灶""诱杀庞涓"的一出出好戏，终于将庞涓射死在马陵，得以报仇雪恨。

值得品味的"傻子"瓜子

改革开放初期，有一个很有名气的个体户，他就是以卖"傻子"瓜子而闻名的安徽个体户年广九。

年广九是一个地地道道的大字不识几个的农民，在波澜壮阔的改革潮流中，被打上了"傻子"的标签，他上演了一则和瓜子有关的传奇。

他曾经被列为30年来影响中国历史的"关键人物"之一，他深深地影响了中国民营企业前进的步伐。作为"中国第一商贩"的他，是中国最早的百万富翁之一，当芸芸众生们还在努力为满足温饱而四处奔波时，他已经穿金戴银、发家致富。

年广九发达的秘诀，除了胆子大，敢创新之外，再就是"傻"。他在卖瓜子时，别人买一袋瓜子，问他这够秤吗？年广九就抓起一大把递给顾客，让顾客感觉占了便宜。这样的销售"策略"，年广九被买瓜子的人喊作"傻子"。一传十，十传百，"傻子"的称号就这样慢慢传开了。他这种薄利多销的策略招来了大量顾客。他家店前常常车水马龙，每天都有几十人甚至上百人排起长龙购买"傻子"瓜子。

年广久从农民那里收生瓜子，价格一涨再涨，由五六角一斤涨到了一元五六角，炒好的瓜子却一降再降，每斤两元四角降到一元七角六。伙计们对他的做法都不理解，年广九却说，扣除工人工资及炒瓜子的成本之外，虽然每斤瓜子只能赚九分到一角，但一天能卖十几板车，利润就少不了。

尽管年广九的瓜子足秤、价低，由于实施的是薄利多销策略，他的腰包很快鼓了起来，成为百万富翁。

年广久的公司发展得很快，尝试了有奖销售，一等奖是上海牌小轿车，首开有奖销售先河，后被叫停。年广九还坐过牢，发

生过多次婚变，总之，他演绎了丰富的人生，但他的"大智若愚"却是人生的主旋律，也成为商界的经典案例。

年广九所经历的特殊时代，谋生经历，个人性格，事业发展都是传奇故事。有人揣测，有一天，他的名字或许会出现在某一部以他为主角的影视剧中。

聪明反被聪明误

一个人聪明，表明智商高，并不是坏事。但如果不懂得收敛，不分场合显摆自己的聪明，常常伤害别人，那就会带来人生风险。

现在许多职场年轻人，脑子灵活，掌握的知识多，但缺乏处世知识，直言快语，发现别人的疏漏就沉不住气，不分场合立即纠正，弄得别人下不了台，无意中得罪了人。

某公司召开年终总结大会，经理说："今年我们公司的合作单位进一步扩充，到现在已发展到46个。"话音未落，台下的一个小伙子站起来，冲着台上正讲得眉飞色舞的经理高声纠正道："错了！错了！那是年初的数字，现在已达到63个。"结果全场哗然，经理羞得面红耳赤，情绪低落，十分尴尬。

纠正经理的错误本身没有错，应当提倡鼓励，但纠正的场合与方式却不合适。比如，这种无关大局的数字，用不着在会场立即纠正，完全可以会后找个合适的场合与经理沟通纠正。

三国时期的杨修，就因为聪明且逞能而栽在了曹操手上，丢

189 | 第十四章 ●●● 大智若愚

掉了性命。

杨修是曹操手下的谋士，很有才气，却喜欢显摆自己，多次引起曹操的不满。一次，工匠们奉命为曹操修建一座花园。花园建好之后，请曹操驾临观赏，曹操转了一圈之后，一言不发，只在花园的门上写了一个"活"字，随从们面面相觑，不明此意。这时杨修抢先发言了："这还不明白吗？丞相是嫌门太窄了，因此写了一个'活'字，'门'内添'活'字，不就是'阔'字吗。把门改阔点，就合丞相之意。"此话传至曹操耳中，曹操既佩服杨修的聪明，又担心杨修会带来威胁。

曹操的心思屡屡被杨修识破，令曹操由反感到害怕，由害怕到欲除之而后快。后来在一次进退两难的战役中，晚间值勤官向曹操请示当晚的口令，这时曹操正在吃鸡，就随口说出"鸡肋"作为当晚的口令。杨修听说曹操传出"鸡肋"的口令，就赶忙告诉好友收拾行李准备撤军。好友就问杨修："撤军是军中机密，你怎样知道丞相要马上撤军？"杨修说："这不明摆着吗？这'鸡肋'弃之可惜，食之无肉。加上军中粮草又不多，还不赶快撤军更待何时？"曹操了解到了这件事情之后，再也不能容忍杨修了，就以扰乱军心为名，将杨修斩首示众。杨修先生落得个聪明反被聪明误的下场。

第十五章 ▶▶▶ 勇于认错

　　错误有如生理之疾病，疾病不医治，有可能危及生命，有了错误不改正，会影响人格健全、事业发展和人生幸福。闻过则喜，勇于认错是处世过程中的优良品德。

　　人非圣贤，孰能无过。人的一生就是在犯错、纠错中成熟和进步的。世界是物质，物质是运动的，人们认识客观世界的能力也需要不断深化，因此产生错误是一种常态。一个人是否有智慧体现在能否客观地承认自己的错误。在我们的现实生活中，有一种人能够把握自然规律，客观地对待自己，当犯错时能够闻过则喜、总结经验、汲取教训、改过自新、不断进步，但也有些人或者认识不到自己的错误或者知道自己错了，但由于十分看重自己的威信、名誉、面子，而不肯承认自己的错误。如果不肯认错的话，犯了一个错误要找出更多的错误来掩饰错误，为此，会活得很累，装得难受，整天担心自己会露馅。

　　勇于认错不仅是一种思想品格的问题，而且是为人处世的大事。在人际交往中，一个勇于认错的人，能够获得别人的谅解和支持，而一个喜欢推卸责任、拒不认错的人是不受欢迎的。当我们有了错误，无意中得罪了别人，损害了别人的利益，如果能够主动认错，并向他人表示真诚的歉意并及时采取补救措施，就会让对方心中产生一种好感，让对方得到一种自尊和满足感。我国古话说"伸手不打笑面人"，都说明主动认错的人会得到他人谅解，承认自己的错误，等于肯定了他人，给对方留下了宽容大度的空间。在多数情况下，对方会宽宏大量地原谅我们的过错，并且心平气和地坐下来沟通，商谈如何弥补过失，减少损失。

现实生活中的许多矛盾有不少就是因为双方互不认错而起，比如拥挤的公共汽车上发生的口角或动粗，多数是你踩了我的脚或我碰了你的胳膊，如果相互指责对方，那么吵架就在所难免，而如果有一方主动致歉则烟消云散，这个架就吵不起来，手更动不起来。

威信在认错中树立

有些人之所以不肯认错，是因为看重面子，害怕认错会失去面子，丢掉威信。一旦犯错，习惯性地会把原因推给客观原因，推给古人，推给别人，唯独与自己无关，以为这样就可以脱掉干系。其实，大家的眼睛是雪亮的，是非曲直、谁对谁错，大家心知肚明、一目了然，越是推卸塞责，越会失去威信；越是勇于认错，越能得到大家的谅解，越是能够树立威信。

"挥泪斩马谡"是人们津津乐道的典故，我想除了人们喜欢三国故事之外，还因为这是与发生在智慧化身的诸葛亮身上有关。诸葛亮是历代文臣武将所崇拜的偶像，他不仅志向远大、足智多谋、能掐会算，而且品德高尚、严于律己，勇于认错。诸葛亮在亲率大军征战魏军时，任用马谡驻守战略要地——街亭。马谡不按诸葛亮的指令依山傍水部署兵力，却骄傲轻敌，自作主张将大军部署在远离水源的街亭山上；不听副将王平劝告，导致街亭失守，战局骤变，迫使诸葛亮不得不退回汉中。

诸葛亮总结此战失利的教训，痛心地说："用马谡错矣。"为了严肃军纪，诸葛亮下令将马谡革职入狱，并挥泪斩了马谡，将马谡的儿子收为义子，对马谡全家给予厚待，全军将士无不为之震惊。

马谡被斩后，诸葛亮拭干眼泪，宣布对力主良谋、临危不惧、英勇善战的副将王平加以褒奖，破格擢升为讨寇将军；以用人不当为由，请求自贬三等，由一品丞相降为三品右将军，仍尽心竭力辅佐后主刘禅，欲图中原，成就大业。

诸葛亮主动要求自贬三等，职位虽然低了，威信反而高了，蜀国将士更加敬重诸葛亮，后人也更加景仰诸葛亮。

认错习惯需要培养

错误对我们来说是不可避免的。面对过错，我们应该勇敢地面对它，不要试图逃避自己应承担的责任。我们应将承认错误、担负责任根植于内心，让它成为我们脑海中一种强烈的意识和人生的良好习惯。

乔治·华盛顿是美国人心目中的英雄。他领导了美国的独立战争，是美利坚合众国的创立者之一，1789年当选为美国第一任总统。他为人正直、品德高尚，深受美国人民爱戴。为了纪念他的功绩，美国的首都就以他的名字命名。

华盛顿出生在一个大庄园主家庭，家中有许多果园。果园里长满了果树，但其中夹杂着一些杂树。这些杂树不结果实，影响着其他果树的生长。

一天，父亲递给华盛顿一把斧头，要他把影响果树生长的杂树砍掉，并再三叮嘱，一定要注意安全，不要砍着自己的脚，也不要砍伤果树。在果园里，华盛顿挥动斧子，不停地砍着。突然，他一不留神，砍倒了一棵果实累累的樱桃树。他害怕父亲知道了会责怪他，便把砍断的树堆在一块儿，将樱桃树盖了起来。

傍晚，父亲来到果园，看到了地上的樱桃，就猜到是华盛顿不小心把果树砍断了，尽管如此，他却装作不知道的样子，看着华盛顿堆起来的树说："你真能干，一个下午不但砍了这么多树，还把砍断的杂树都堆在了一块儿。"

听了父亲的夸奖，华盛顿的脸一下子红了。他惭愧地对父亲说："爸爸，对不起，只怪我粗心，不小心砍掉了一棵樱桃树。我把树堆起来是为了不让您发现我砍断了樱桃树。我欺骗了您，请您责备我吧！"

父亲听了之后，哈哈大笑，高兴地说："好孩子！虽然你砍掉了樱桃树，应该受到批评，但是你勇敢地承认了自己的错误，

没有说谎或找借口，我就原谅你了。你知道吗，我宁可损失掉一千棵樱桃树，也不愿意你说谎逃避责任！"

华盛顿不解地问："承认错误真的那么珍贵吗，能和一千棵樱桃树相比？"

父亲耐心地说："敢于承认错误是一个人最起码的品德。只有敢于承认错误，承担责任的人才能在社会上立足，才能取得别人的信任。看到你今天的表现，我就放心了。以后把庄园交给你，你肯定会经营得更好。"

本着父亲的教导，华盛顿一生都把勇于认错、担当责任作为人生的基本信条。后来，这个故事传遍了整个美国，也影响了一代又一代美国人。

认错需要勇气

人之所以不愿认错，是因为认错不仅需要放下尊严，而且有时还需要承担由错误带来的后果，因此，认错需要勇气。这种勇气一旦树立，将会终身受益。

一天，林肯和几个小朋友一起在大街上玩足球，大家玩得非常高兴，林肯好不容易抢到球，一脚将球踢了出去，只听"哗啦"一声，一户人家的玻璃被足球击碎了。林肯想：这下可闯祸了，自己身无分文，根本赔不起那块昂贵的玻璃，是逃跑还是认错，两种想法在头脑中发生了激烈的斗争。林肯还是选择了认错，他鼓足勇气敲开了那户人家的门，告诉他足球击碎玻璃的事情。

房子的主人很欣赏这个勇于认错的男孩，并且原谅了他的过错，并表示不用他赔偿那块玻璃。

而林肯却表示要对自己的后果负责，坚持照价赔偿。他问清了那块玻璃的价钱，主人告诉他是12美元，这对林肯来说不是一个小数目，他决定先向父亲借钱赔偿。

林肯向父亲说明了事情的原委，父亲认为儿子做得对，爽快地给了儿子12美元。林肯立即把钱还给了房子的主人，兑现了他的承诺。

林肯还记得他对父亲的承诺，为了按期归还父亲借给他的钱，开始四处打工。半年之后，他终于积攒到了12美元，林肯将钱如数还给了父亲。父亲非常欣赏儿子的做法，并将这12美元奖给了林肯。

每个人都应当对自己的行为负责，要培育慎独品德，即使在无人监督的情况下，也要承担责任、勇于认错。一个勇于认错的人，能够赢得他人的信任，得到他人的帮助，助推自己的事业。

掩饰一个错误需要再犯一系列错误

看过《贞观长歌》电视剧的朋友，是否还记得其中有一出长孙顺德奉朝廷之命查处泽州刺史赵士达贪污、作假案的闹剧，我觉得这出闹戏非常滑稽可笑，不能不令人生出这样的感慨：为了掩饰一个错误需要再犯一系列错误。

长孙顺德本为长孙皇后的叔叔，又是战功卓著的将军，年纪大了之后，本应奉献余热、颐养天年、保守晚节，而这位老将军却居功自傲、拈花惹草、贪图钱财、干扰朝政。

善于伪装、熟于诡计、盘剥百姓、违法敛财的赵士达为了达到进京升官的目的设下财、色圈套，将长孙顺德和太子李承乾等都装了进去。

当长孙顺德奉命调查赵士达违法案件时，遭遇了赵士达的摊牌，由于长孙顺德贪图赵士达送出的财、色，使长孙顺德与赵士达成了利益共同体，形成了一损俱损，一荣俱荣的命运。要想保住自己，只有保住赵士达。为了掩饰这一个错误，就需要颠倒是非，混淆黑白，要将赵士达洗白就需要将闵国器、裴家鼎、如画及无辜的几百名泽州百姓诬陷成参与谋反的隐太子李建成的同党。在长孙顺德的滥刑之下，泽州血雨腥风、怨声载道、冤魂遍地。

幸亏皇上李世民英明，洞察了真相，制止了事态的发展，无辜的百姓才得以平反昭雪。

这一案例至少给我们两点启示：一是要守住做人的本分，千万不要在名、利、财色面前犯错。古话说"官法如炉"，谁触摸火炉，谁就要被烫，不要心存侥幸。二是一旦犯了错，要勇于改正错误。人非圣贤，孰能无过。改错如治病，只有治病才能救人。否则，像长孙顺德、赵士达之流为了掩饰一个错误再犯一系列错误，必将走上不归路。

不肯认错是前进路上的绊脚石

勇于认错不仅需要勇气，而且需要谦虚的品德。因为骄傲自满的人一般是很难从主观上认识自己错误的。即使出了错也从客观上和他人身上找原因，这就如同张三生了病让李四吃药一样，对于改进工作毫无益处。

有一位餐饮店的厨师长，经常出现菜品质量问题，并且习惯性地推卸责任，不是埋怨供应商的菜品质量不好，就是责怪配菜师傅的菜切得不好，唯独自己没有责任。由于认识不到自己的存在的问题，也就解决不了存在的问题，久而久之，不仅菜品质量没有得到提高，而且后厨的人员都对他的管理也不满，纷纷向老板反映，如果继续使用这个厨师长，他们就准备辞职。老板经过多次考察，并指出了这个厨师长的问题所在，希望他能够改进，但这个厨师长依然如故，老板只有将这位厨师长炒了鱿鱼。

有位公司总经理与我讨论过不肯认错影响进步的话题。这位老总讲述了他们公司的一位劳资员，学历为大专，工作缺乏责任心，资料丢三落四，管着五六十个人的工资，不是少了张三的补助，就是落了李四的夜班费，甚至有的员工该转正定级也忘记为人家办，没有一个月的工资是准确无误的。这位老总每月都要花不少时间审核工资表，为此经常找这位劳资员谈话，帮助她克服粗心大意的毛病，而这位劳资员没有一次是勇于认错的，总是要找出出错的客观理由。

由于这家公司是国企体制，这位老总也没有办法进行人事调整，知道这个人不胜任劳资员工作，也只有将就着用，但他断言，这位劳资员总有一天会被淘汰。不出所料，这位总经理调离了这个公司之后，这家公司后来与系统内其他公司重组，岗位人员进行了竞争上岗，这位劳资员落聘下岗，到车间去当了一名操作工。

这个案例说明，勇于认错的人才会去寻找出错的原因，改进出错的程序，避免错误重复发生。如果不从主观上寻找原因，而是从客观上寻找原因，推诿责任，永远也不知道自己错在哪里，就永远不会改正错误。另外一个人时间和精力总是有限的，如果把过多的时间花在了掩饰错误上，心灵难以得到安宁，精神会受到折磨，时间会大量地消磨。因此，不肯认错会成为一个人前进路上的绊脚石。

第十六章 ▶▶▶ 拥有特长

古人说："良田百亩，不如薄技随身。"为什么"良田百亩，不如薄技随身"呢？因为百亩良田可能是祖上遗传下来的，不是通过自己的努力而获得的，随时可能会失去，而技术和特长是自己学习锻炼得来的，可以永久地属于自己。俗话说"技不压身"，一旦拥有了某项技术和特长完全可以由自己运用，长期拥有，不仅可以成为处世谋生的手段，而且可以成为娱乐的方式。

社会的发展进步离不开竞争，一个人的竞争能力取决于稀缺性，即要拥有比竞争对手更强的核心竞争能力。越是拥有不可替代性越具备竞争能力，越不可替代，越受人尊重。

技术和特长除了谋生之外，还可成为精神生活中的一部分，比如书法、绘画、音乐、写作，对于许多人来说，并不以此为谋生手段，而作为一种业余爱好，有利于丰富业余生活，培养高雅情操。

纵观古今中外的历史，凡是成功人士大都拥有一项或几项特长，或武艺超群，或文才出众，或思想深邃，或技艺高超。他们凭借超强的竞争能力，在社会上左右逢源，在人群中呼风唤雨，在职场上得心应手。

拥有特长并不容易，因为人与人的智商相差无几，要想比左邻右舍技高一筹，没有励精图治、闻鸡起舞的精神和坚忍不拔、持之以恒的毅力是难以实现的。

士别三日，刮目相看

"士别三日，刮目相看"这一典故出自三国时期吴国著名军事家吕蒙。吕蒙年少从军，读书不多，但作战勇敢，脑子灵活，屡立战功，进步较快，逐步成为吴国重要军事将领。吴国君主不仅自己注重文化学习，而且关心手下将领学习知识，提高素质。

孙权就吕蒙的学习问题专门找他谈过一次话，孙权开导他说："你如今身居要职，掌管国事，应当多读书，使自己不断进步。"吕蒙推托说："在军营中常常苦于事务繁多，恐怕不容许再读书了。"孙权耐心指出："我难道要你们去钻研经书做博士吗？只不过叫你多浏览一些书，了解历史往事，增加见识罢了。你说谁的事务能比我更忙呢？我年轻时就读过《诗经》《尚书》《礼记》《左传》《国语》和《周易》等经典。自我执政以来，又仔细研究了'三史'（《史记》《汉书》《东观汉记》）及各家兵法，自己觉得大有收益。你思维颖悟，只要坚持学习，一定会有收益，怎么可以不读书呢？应该先读《孙子》《六韬》《左传》《国语》以及'三史'。孙子曾经说过：'整天不吃、整夜不睡地空想，没有好处，还不如去学习。'东汉光武帝担任着指挥战争的重担，仍是手不释卷。曹操也说自己老而好学。你为什么偏偏不能勉励自己呢？"吕蒙听后很惭愧，从此开始认真学习，刻苦钻研，大有长进，他所看过的书籍，连那些老儒生也赶不上。

鲁肃继周瑜掌管吴国军务后，上任途中路过吕蒙驻地，吕蒙摆酒款待他。鲁肃还以老眼光看人，觉得吕蒙有勇无谋，但在酒宴上两人纵论天下事时，吕蒙不乏真知灼见，使鲁肃很受震惊。酒宴过后，鲁肃感叹道："我一向认为老弟只有武略，时至今日，老弟学识出众，确非吴下阿蒙了。"吕蒙为鲁肃筹划了对付关羽的三个方案，鲁肃非常高兴地接受了吕蒙的建议。

鲁肃拜还见了吕蒙的母亲，与吕蒙建立了兄弟关系。孙权就是用了吕蒙的计谋致使关羽失守荆州，败走麦城，身首异处。

吕蒙通过不断学习，成了东吴文武双全的重要人物。继鲁肃之后，吕蒙继任吴国军事统帅。后人对吕蒙将军给予了高度评价，如毛泽东要求解放军将士读《吕蒙传》。毛泽东说："吕蒙如不折节读书，善用兵，能攻心，怎能担当东吴统帅？我们解放军许多将士都是行伍出身的，不可不读《吕蒙传》。"

身怀技艺气自华

富、贵、雅是人生追求的三品，也是书法家喜爱书写的内容。富、贵、雅三者之间具有不同的内涵。

　　"富"是指人对财富的拥有。相当于解决马斯洛需求层次的生存需求，即人生的基本追求。

　　"贵"是指拥有社会地位，受人尊重。贵者有权贵、名贵、业贵、品贵。贵相当于解决马斯洛需求层次的受到尊重的需求，即人生的高层追求。

　　"雅"是指高尚，不粗俗，如雅趣、雅兴、雅意。雅是一种精神愉悦，是通过自己后天学习修炼以后领会到的有规律的精神内涵而产生的。雅相当于马斯洛需求层次的自我成就的需求，即人生的最高追求。

　　雅与富、贵属于不同的层次，它们之间的区别主要表现在富与贵是外界赋予的，有的可以从祖上继承而来，不在于自己的努力，而在于偶然的获得，如富二代、富三代，有的可以继承万贯家产，有的可以获得王侯爵位。偶然的机遇也有可能使人很快获得富、贵。偶然获得的富、贵对一个人的"雅"基本上不会有什么影响，而"雅"则不同，追求"雅"需要一个较长的过程。比如，练就一手好书法，非一日之功，没有十年八载是达不到一定水平的。再比如，没有较长岁月的陶冶是听不懂高雅音乐的。写作、摄影、绘画、打球、弹琴、舞蹈等尽皆如此，没有长时间的练习和陶冶是不会有长进的。通过对"雅"的追求，能够得到一种内心的愉悦，一种心灵的安慰，这种感觉是无价的。当一个人在创造了物质财富，拥有了社会地位之后，应当有超然富、贵，不断对雅的追求。

九旬老人披挂上阵

我国是一个人口大国，失业人口较多，一些大学生也加入到了失业的行列。扩大就业已经成为政府的一项重要职能。而现实情况是许多人没有工作可做，而许多工作又没有人做。许多年轻人无事可做，许多老人却忙得不亦乐乎。

2004年6月25日上午，一个关乎中国21世纪发展大计的重要会议——中国可持续发展油气资源战略研究汇报会如期在中南海举行，主持会议的是温家宝总理，而主讲人是92岁高龄的侯祥麟院士。

从实现航空煤油国产化，到"两弹一星"特种油品的研制成功；侯祥麟为新中国石油石化事业的成长和发展筚路蓝缕、呕心沥血。60多年来，这位中国石油化工技术的开拓者、炼油技术的奠基人，始终胸怀远大理想，笃信科学力量，发扬创新精神，坚持终身学习，在波澜壮阔的历史潮流中，书写下壮丽的时代篇章。

侯祥麟的座右铭是"八小时出不了科学家"，而是把人生的时间和精力最大限度地用在了学习知识和钻研科学上。当时已过86岁高龄的侯祥麟参加一次考察活动，为了弄清设备情况，他一直和年轻人一起爬塔台、看设备。别人劝他不要亲自爬上爬下，但他却说"不入虎穴，焉得虎子"，硬是克服困难坚持了下来，令一起考察的年轻人十分感动。

进入信息时代后，不少老知识分子因为不懂得操作电脑和上网成了新的"文盲"，而侯祥麟院士却敏感地意识到了信息化的意义。他不断更新知识，学习新知识，尽管他已过90高龄却能娴熟地操作电脑、上网和收发电子邮件。

唯有不断学习充电，拥有技术特长，才能延长职业生涯，为社会多作奉献。这就是侯祥麟院士给我们的启示。

常识与知识的区别

一个人要提高职场的竞争能力，不仅要有常识，而且要有知识。

所谓常识是大多数人都知道，每个人必备的知识，而知识却只有少数人才懂。因此，掌握知识的少数人得以凭借知识产生的差异，创造出优势地位和较高身价。

在许多行业里，几乎80%都属于常识，20%才是知识，一些人误把常识当成了知识，因而故步自封，停止不前，这样离被淘汰就不远了。随着科技的发展，所有的知识在不断地变成常识，少数人占据知识的时间也随之缩短。

我对一家发展迅速的工程公司进行过调研，探索其快速发展的奥秘所在。通过深入采访调研，令我们感动的地方很多，但对于这家公司领导创造市场的思路尤为赞赏。这位总经理超越了收集信息、提高质量、周到服务的销售常识，而是通过其专业知识，帮助目标企业规划战略发展、循环经济、开拓市场，因此，业内企业的项目非他莫属。另外，这家公司充分利用地处北京，与国家相关部委、司局人员熟悉的资源优势帮助目标企业解决难题。按照这位总经理的话说，"始终把客户当作朋友相处，只要我们能做的业务，自然就跑不了。"

我们参与调研的同志感触颇深，要想在激烈竞争的市场中生存和发展，如果长期按常规出牌，只有常识是难以生存的，必须要有知识，要有"独门杀手锏"才能生存和发展。

企业是这样，我们每个人也是这样。

和珅受宠乾隆皇帝的秘诀

清朝乾隆时期的和珅以大贪官的形象定格在国人的心中，和珅作为反面教员钉在历史的耻辱柱上罪有应得。我们应当胸怀"憎者知其善"的气度，客观公正地评价和珅。客观地说，出身低微的和珅为什么长期受宠于才华横溢，精明强干的乾隆皇帝？不仅仅是和珅会溜须拍马、甜言蜜语、见风使舵所能够解释清楚的，客观公正地认识和分析和珅是有其意义的。

据史料介绍，和珅十岁丧父，家道中落，为了生活学习，四处借贷。在这种窘迫的情况下，他十分勤奋，苦读诗书，不仅熟读《四书》《五经》，除满文之外，还自修了汉文、蒙文、藏文，相当于掌握了四种语言，这在现代也实属不易，在清朝更算得上惊奇了。

和珅的博闻强记也属罕见。据说，乾隆在圆明园的水榭上读书，和珅随侍在侧。天暗下来，乾隆看不清手中《孟子》上朱熹的注解，让和珅去拿灯来。和珅问，皇上看的哪一句。乾隆说："人之道也，饮食、暖衣，逸居而无教……"和珅不假思索，朗声背道，"言水土平，然后得以教稼穑。衣食足，然后得以教化……"和珅一口气竟将朱子的注疏背了下来，让乾隆惊讶不已，同时也大为欣喜。乾隆喜欢夸耀自己的文采，喜欢吟诗作画，而且常召朝臣一起吟咏，和珅也能即景赋诗，随朝应制。

据说，有一次乾隆出宫去圆明园，在肩舆中批阅一份四川的奏折，内中报告了颇为棘手的农民起义的情况。乾隆看到后不禁气从心起，气愤地说："虎兕出于柙，龟玉毁于椟中，是谁之过欤？"当时乾隆周围的当差和官员都不知乾隆此话的意思，个个不知所措。乾隆又语气沉重地重复了一遍，在场的大臣们个个非常紧张，还是不明白乾隆问话的意思，因此也无法回答，此时的气氛十分紧张，当时和珅只是一个御前卫士，而和珅却知道乾隆的问话出自《论语》。故从容地回答："皇上的意思是说，守土的地方官员是不能推卸责任的。"乾隆惊讶地发现，回话的原来是个俊秀的年轻护轿校尉，于是表扬他回答得好。当天回到宫中，乾隆就召见他，提升他为仪仗总管。

乾隆一朝同藏、蒙关系密切，经常有文书往来，然而朝臣中却少有人懂得这两种文字。和珅在咸宁宫官学中，不畏艰深，努力研修，精通了汉、满、蒙、藏四种文字，在紧要关头挺身而出，令人刮目相看。

乾隆七十寿诞之时，朝廷上下都在紧张地安排祝寿典仪。恰在此时，西藏六世班禅飞骑呈来一份文书。乾隆接过文书，却是藏文，随行的众位官员无一人懂得。乾隆立刻想到了和珅，派人火速传他前来。

和珅到来后，拿起信，随即念道："小僧自幼仰承文殊菩萨大皇帝豢养之恩，不胜尽数，非他人所能比。小僧乃一出家之人，无以极称，虽然每日祈祷文殊菩萨大皇帝金莲座亿万年牢固，并让众喇嘛等学经祈祷，但仍时时企望觐见文殊菩萨大皇帝。庚子年为大皇帝七旬万万寿，欲往称祝，特致书大皇帝膝前，以达敝意。"

乾隆听罢大喜。人生七十古来稀，七十大寿若有班禅领班诵经，宣扬佛教，会见蒙藏王公贵族，一人来朝而万众归心，必然会使祝寿活动大放异彩。当即命和珅拟诏。和珅用满、藏、汉三种文字拟好了诏书。乾隆见了高兴不已，即命和珅全权负责在热河修建庙宇，恭候班禅进京。

为了奖励和珅卓越的外交才能，乾隆任命和珅为理藩院尚书，管理蒙、藏等外交上的一切事宜。这不是不学无术之辈能够担当的。

和珅便在乾隆的宠爱下青云直上，由一名低级待卫直升到军机大臣、内务府大臣、议政大臣、御前大臣、侍卫内大臣、步军统领、文渊阁提举阁事、四库全书馆正总裁等文武要职。六部中他当过四部的尚书。和珅深得乾隆宠爱，除因为他"为人狡黠，善于逢迎"外，还因他有些特长受到乾隆赏识。他还善于理财、生财和敛财，为乾隆聚敛了大量的财产，使乾隆十分满意。

第十七章 ▶▶▶ 和睦家庭

人们对家庭赋予了许多内涵，给予了许多形容：家庭是人生的驿站，是心灵的港湾，是血脉的延续，是真爱的载体，是情感的归宿，是梦想的放飞地，是疗伤的救护所，家庭还是为人处世的出发点。为人处世先从家庭开始，一个处理不好家庭关系的人，也很难处理好与他人的关系。

如果简化家庭关系，可作向上（即与父母等长辈的关系）、平行（即主要指夫妻关系）、向下（即主要指与子女晚辈的关系）三种关系，处理这三种关系的基本原则应该是：向上关系要履行孝道；平行关系要宽容大度；向下关系要理解、尊重。只有处理好了这三种关系，才有可能家庭和谐。

家庭是社会的基本细胞，一般的家庭由长辈、夫妻和子女组成。长辈是家庭的源头，人们常说要饮水思源，晚辈对待长辈不仅在生活上关照，而且要在精神上尊重。孔子提出"色难"的概念。孔子说："今之孝者，是谓能养。至于犬马，皆能有养；不敬，何以别乎？"大体意思是：如果把孝仅看作供养父母，那么犬马也能得到人的饲养；如果没有对父母的一片孝敬之情，那么，两者还有区别吗？对于进入小康社会的中国来说，对长辈的孝道主要不在物质层面，而是在精神层面，即是否心有和气，是否面有愉色，是否传承父母之志。浪迹天涯的游子，是否做到了每周和父母通一次电话，报一声平安，再忙也不能省略。据了解，大多数人没有能够做到。行孝是一件不能等待的事情，否则，难免会留下"子欲养而亲不待"的遗憾。

夫妻之间需要互相理解和支持，每一个成功的男人（女人）背后，都离不开一个女人（男人）的支持。如果夫妻之间整天吵闹不休，将会对身心健康带来极大的损害。如果是其他人，实在相处不来，可以回避，不见面或少见面。但家庭成员则要朝夕相处，想不见面都难，因此，营造一个和睦的家庭就显得非常重要。

孩子是家庭的延续，随着社会的快速发展、科技的日新月异和生活水平的不断提高，代沟问题越来越严重。如果对孩子的教育不当，沟通不畅，将会矛盾频发、麻烦不断。古人说："家和万事兴"，只有家庭和睦才能事业兴旺。

想要成就事业，必须有一个和睦的家庭。唐代诗人杜荀鹤曾有一句名诗："团圆便是家肥事，何必盈仓与满箱"。说的是，只要一家人团团圆圆，和和睦睦，用不着粮食满仓，金银满箱。古人尚且如此看重家人之间的和睦团结，生活在今天的我们，更要处理好家庭关系，为人生幸福奠定坚实的基础。

孝顺还生孝顺子

根据中国传统伦理，人格的根本是孝道，诸多美德皆由孝道而生发。如果一个人孝顺父母顺从兄长，就很少会去犯上；一个人不喜欢犯上，反而去作乱的几乎没有。大凡职场成功人士，都是孝道文化的弘扬者和践行者。忤逆之子，缺德之人是人们所鄙视的，这些人即使能够发达一时，最终将会众叛亲离、失意职场、不得善终。

一个对自己的父母都不孝敬的人，怎么可能忠诚事业，尊重他人呢？他们为了实现一定的企图，即使表演得不错，最终也会露出尾巴，显出本性。

我国古代非常重视孝道，将孝视为道德之元，教育之本。孝是教育的主要内容，"教"字就是由"孝"和"文"构成，孝之以文即为教。古代的"二十四孝"流传久远，家喻户晓。尽管其中有些"愚孝"和迷信色彩，但我们不能以现代人的标准来要求古人，我们应该从中汲取有益养分。

如果我们用现代理论来解释孝道，至少可以从"注册资本理论""人脉半径理论""示范理论"和"辐射理论"来论证履行孝道的必要性。

注册资本理论。在市场经济体制下，成立企业需要注册资本进行注册。注册资本也叫法定资本，是公司制企业章程规定的全体股东或发起人认缴的出资额或认购的股本总额，并在公司登记机关依法登记。当企业获得利润时，按股本比例进行分红，当企业亏损或倒闭时，按股本比例分摊或损失。如果把我们个人比作一家公司的话，那么，我们的注册资本来自父母，通俗地说身体的几斤肉是父母给的，父母就是我们的股东。在我们人生成长过程中，父母尽力呵护、持续投入、舐犊情深。在未成年之前人们应当体贴父母，多呈婉容敬意。长大成人，参加工作取得报酬后，除了精神层面孝敬之外，理应承担孝养父母的责任、保证父母衣食无忧、生活充裕。因此，履行孝道无论从传统道德意义来讲，还是现代注册资本理论讲，都是理所当然、天经地义的。我们得到了相应的权利，就必须承担相应的责任和义务。我们获得了父母给予的生命权利，得到了父母抚养和受教育的权利，自然要承担起孝敬和孝养父母的责任和义务。回报父母的具体方式有孝敬、孝养、爱国、忠诚、敬业等。

人脉半径理论。现代社会是信息社会，从某种意义上说，没有完美的个人，只有完美的团队。成就事业离不开人脉资源。现代人通行的说法是"人脉即财脉"。我们的人脉主要由"七大圈"（即核心人脉圈、直亲人脉圈、家族人脉圈、同事人脉圈、客户人脉圈、朋友人脉圈、同学人脉圈）构成。其中核心人脉圈是生我之父母和我生之子女。其他六大人脉圈，是以此为半径所画之圆。如何才能提高人脉质量、扩大人脉范围呢？其根本在一个"孝"字。一般来说，如果核心人脉圈出现了质量问题，则会"失之毫厘，谬以千里"。试想，谁愿意与一个对父母不尽孝道的人交朋友、共事业呢？一个对给予自己生命的父母都不孝不敬的人，能够对亲友诚信，对事业忠诚吗？回答是否定的。这种人对上司点头哈腰、唯命是从，大都包藏祸心、别有所图。在现实生活中，主动与不孝之人终止亲友关系，了结业务合作的案例时有发生。因此，孝道决定着人脉质量和人脉范围，影响着事业兴衰成败。

示范理论。父母是孩子的第一位老师，父母的言行对孩子品德和人格形成影响巨大。《增广贤文》说："孝顺还生孝顺子，忤逆还生忤逆儿。"俗话说："屋檐下的水，点点不差移。"孔子说："己所不欲，勿施于人。"其言外之意是"己所欲，施于人。"每个人都希望子女孝顺、成就事业、光宗耀祖。那么要使自己的希望成为现实，就应当身体力行，在孝敬父母，履行孝道方面作出表率。子女往往不是看父母如何说，而是看父母怎样做，正所谓"身教者从，言教者讼"。古时有这样一个故事：一个忤逆之子，不孝顺父亲，父亲久病在床遂生歹念，不仅不给父亲治病，还在父亲未咽气之时要儿子帮他抬到山上去活埋了。当埋完父亲回家时，儿子把竹筐捡了回来。他好奇地问儿子："你捡回这竹筐干啥？"儿子说："将来好抬你用！"一句话刺激了这个忤逆之子，唤回了他的人性良心，赶紧返回山里，刨出父亲，请医生治好了父亲的病，使父亲颐养天年。他的示范效应感染着子女，他的晚年也享受了孝出孝返，子孝家和的天伦之乐。

辐射理论。辐射原为物理学概念，指热、光、声、电磁波等物质向四周传播的一种状态，或指从中心向各个方向沿直线延伸的特性。我们借助物理学上的辐射理论，说明中华传统孝道在社会伦理关系中的辐射效应。孝道是一个人品德的最基本要素，以孝道为中心，可以辐射、转化、固化、传播仁爱、礼仪、忠诚、诚信、恭敬、善良等传统美德。实践证明，以孝道为中心，可以移孝为仁、移孝为礼、移孝为忠、移孝为信、移孝为敬、移孝为善。我国古代早有忠臣出自孝门之说。弘扬光大孝道，就抓住了以德治国的枢纽，使我们今天倡导的"八荣八耻"、社会道德、家庭美德、个人品德有了深厚的根基。离开了孝道，其他传统美德就成为无源之水、无本之木。

以上注册资本理论、人脉半径理论、示范理论和辐射理论架起了中华传统孝道与现代伦理的桥梁，通过对现代孝道理论的解读，便于理解、认知中华传统孝道的现代意义，有利于开发、利用中华传统孝道这一宝贵资源。

出必告，返必面

儿童诵读国学经典已在很多城市悄然兴起，许多家长期待中国传统文化在下一代身上弘扬光大。有一本《弟子规》颇受欢迎。《弟子规》是依据儒家提倡的孝、悌、谨、信、泛爱众、亲仁、余力学文等思想而编写的生活和行为规范，是一本教导人如何为人处世的启蒙读本。

《弟子规》涉及的内容非常丰富，包括日常生活和为人处世的方方面面。其中有句一叫做"出必告，返必面"，意思是讲子女出家门，必须要先向父母禀告一声，告诉父母去那里，什么时候回来，或征得父母同意，或让父母知道。"返必面"，就是回到家里后必须先跟父母报告一声，我回来了，让父母看到你，以免父母担心，这些都是必要的家庭礼貌。

现在这一家庭礼貌被许多年轻人忽视了，也许他们认为家无常理。出门不跟父母打招呼，父母也不知道他上哪儿了，等了很久也没有音信，让父母在家里非常担忧。回到家里也不吭一声，可能自己就到房间里关上门干自己的事，父母也不知道他回来，等他一出来反而把父母吓一跳，父母也会有意见。长此以往，就会产生家庭矛盾。

孩子是父母的心头肉，即使活到八十岁，在父母眼里仍然是孩子，父母总会有担不完的心。古人说："儿行千里母担忧。"儿女不在身边，总是会让父母牵肠挂肚的。尽管现代社会，为了事业，儿女不能守在父母身边，但无论走到哪里，都应当及时向父母报一声平安，向父母问一声好。

一些长期在外的游子，老家的父母无时不在牵挂着你，不要以为给他们购物寄钱就尽到了孝心。出门在外的游子们别忘了，每星期至少要与老家的父母通一次电话，不能以短信、邮件代替，因为短信、邮件与电话的功能是不一样的。父母在看不到你的情况下，希望能听到你的声音。

爱情忠贞传美名

忠贞是夫妻关系存在的基础，忠贞出了问题，有可能夫妻关系解体，家庭破裂。有些夫妻在共度艰难岁月的时候能够同甘苦、共患难，而一旦经济条件好了之后，一方地位发生了明显变化，加之受西方文化侵蚀，有的玩起了婚外情，有的嫌弃了原配，有的解体了家庭，给家庭特别是给孩子造成了严重伤害。

夫妻关系贵在一个忠字，既要经得起患难，也要享得起富贵。在我国历史上有许多忠贞爱情、生死不渝的夫妻，值得后人学习。

汉朝光武帝即位后，宋弘被提升为大司空。当时光武帝的姐姐平阳公主刚刚死了丈夫。

有一次，光武帝故意同姐姐议论群臣，以便暗中观察她愿意嫁给谁。当议论到宋弘的时候，平阳公主说："宋弘这个人有威严，有容貌，品德高，知识多，别的大臣没有能超过他的。"言下之意，对宋弘有好感。光武帝说："这件事，我设法去办。"

不久，皇帝召见宋弘，让平阳公主躲在屏风后面窃听。于是光武帝试探性地问宋弘道："谚语说，地位变高贵时要改换朋友，富裕之后要另娶妻子，这是人之常情吧？"

宋弘听出了光武皇帝的话外之音，镇定地回答道："您也听说过'贫贱之交无相忘，糟糠之妻不下堂'的说法吧？"

光武皇帝一听就知道没戏，宋弘走后，对平阳公主说："姐姐，实在对不起，刚才的谈话你已经听到了，这件事，我也无能为力。"

忠贞是夫妻关系的基础，夫妻和睦是家庭和睦的基础，慎重地对待家庭，履行夫妻责任和义务是非常重要。古人宋弘为后人作了榜样。

女副县长为何死于丈夫之手

据《家庭》杂志报道：山西省左权县女副县长张某于2004年6月8日晚被她的丈夫掐死，其丈夫王某则于次日凌晨上吊自杀身亡。一个大家十分羡慕的家庭家破人亡。

人们不禁要问，是什么原因导致了悲剧的发生？

张某与王某自由恋爱结婚，婚后张某的事业日见红火，并于1999年底被选为主管农业的副县长，其工作业绩有口皆碑，受到全县广大民众的热爱和尊重。相比之下丈夫王某的事业发展却平淡无奇，性格内向的王某开始觉得自己矮了一截，心理失衡，继而脾气越发暴躁并患上严重的失眠症，出现了一些怪异行为；随后发展到时常折磨和毒打妻子。此前一直掩盖家庭矛盾的张某不得不请假带着丈夫去北京看病，但王某大闹，拒绝治疗，无奈的张某只得携夫返回山西家中。回家后的第8天悲剧发生了，女副县长被害身亡。

王某生前长期不理解妻子的工作，并最终对自己的结发妻子下了毒手，呈现了一个由性格孤僻到病态人格报复心理的发展轨迹，其罪不可赦是自不待言的。但作为女副县长的17岁独生女儿也从感情上更亲近、袒护双亲矛盾中的父亲一方。她认为，父亲每日操持家务，每周往学校打电话，爸爸的心里"只有女儿"，而对每日辛勤于全县农业发展的母亲的工作却不甚理解。只是当她看到众多父老乡亲们痛心疾首地为母亲送葬的场景时，她才开始有些明白妈妈工作的艰辛和在全县民众心目中的地位。

与张某类似的案例既不是第一例，也不可能是最后一类，这样的案例在我国不少家庭上演。这一悲剧并不是不可避免的，而是忽视了夫妻矛盾的量变，终于由量变发展到质变。这个案例说明，家庭和睦的重要性。

试想，假如张某能在繁忙的工作之余不忘及时与丈夫、女儿聊聊自己的工作状况，交流自己在工作中的成功心得与失败感受，即让家人一起感同身受，使家人处于同一心理情境中，那就不会是她一个人在社会上单打独斗，她会有一个坚强的家庭后盾，有一个可供她休憩喘息的温馨港湾、人生驿站。

再试想，假如张某能及时发现性格内向的丈夫出现的思想问题，夫妇共同面对世俗社会对丈夫"男不如女"的嘲笑，或许丈夫的心理压力可以减轻，不满情绪可以化解。哪怕是在发现丈夫患上了心理疾病后，只要不是一味地顾及"领导脸面"掩着真相，而是积极地就医问药，也许仍可避免家庭矛盾的进一步恶化。

最后，假如张某面对已出现怪异行为的丈夫对自己的折磨和毒打时，敢于公开家庭矛盾，争取家内外的帮助，甚至不惜借助法律手段对已失去公民行为能力的丈夫加以控制的话，这一家庭悲剧仍有可能避免。

由此可见，家庭成员间的思想交流、心灵沟通是非常重要的。特别是事业有成的成功女性在繁忙的工作之余切不可忽略与家人的沟通与交流，因为唯有与家人共同"幸福着你的幸福，痛苦着你的痛苦"，才有可能拥有一个和谐的家庭氛围，才有可能

助推事业发展，才有可能拥有人生幸福。

夫妻忍让，重归于好

有些人在外面能够做到宽容忍让，而对家人却十分苛刻。其实，齐家之道离不开忍让。历史上有一个"张公百忍"的故事。张公能够做到几代不分家，几百口人和睦相处，他这个当家人感悟最深的就是一个忍字。

夫妻之间需要相互忍让，家庭不是讲理的地方，而是讲爱的地方。即使夫妻关系发生了危机，如果双方都能本着多想对方的好处，多检讨自己的不足，相互宽容忍让，也有可能重归于好，化解危机。

有这样一个案例，有一对小两口老吵架，想离婚，但一想他们这么深的感情，还老吵架，要是离婚找了别人还不更吵。

于是，两人出去旅游，尝试着挽救面临破裂婚姻。两人来到一条南北向的山谷，他们惊奇地发现山谷的东坡长满了松树、女贞、桦树，西坡只有雪松，为什么东、西坡差别这么大呢？他们发现雪松枝条柔软，积雪多了枝条就压弯了，雪掉下后就又复原了。别的树树枝硬挺，最后树枝被雪压断了，树就死了。两人明白了，压力太大的时候要学会柔情、弯曲。

丈夫赶快向妻子检讨："以前我们产生的不愉快，都是我不好，我做得不对，请你谅解。"妻子一听丈夫检讨了，马上说："我做得也不够，有时伤害了你的自尊，也请你多原谅。"

双方心底的怨气得到了释放，终于重归于好。

教子失与得

2001年，《青年时报》的编辑邀请我写一篇子女教育方面的文章，我说："在教育子女方面谈不上有什么成功的经验，还是请那些有成功经验的同志写吧。"编辑同志说："既可以谈经验，也可以谈教训。"盛情难却，我以真情实感写了一篇《教子失与得》的文章在2001年4月1日《青年时报》发表，现将此文与读者朋友分享。

斗转星移，日月如梭，我们家儿子叶晨今年已17周岁，读高二，明年就要高考了，儿子的个头已高出我一大截。回想起儿子的成长历程，总结教子过程，我们感触颇深，首先感到的是失误。

由于工作一直较忙，我对儿子的关心不够。回想起来，十多年来，我只参加过一次家长会，多数家长会是她妈妈或委托别人代为参加。随着我们工作的调动，儿子转过几个学校，换过若干个教室，我知道儿子教室和座位的只有两个。儿子13岁上初三时就离开我们去沈阳，由其大姨父、大姨和舅舅负责他的学习和生活。我们做父母的不能履行教育之责，使我们常常感到愧对儿子。儿子以他的真情实感写的《回家真好》的文章发表在《青年时报》，字里行间充满着对我们的亲情，我们感到更多的是一种愧疚。

　　另外，儿子小时候，我们对他要求过分严厉，平等讨论比较少，命令式较多，造成儿子有时有逆反心理。我们有一个原则，只要儿子与别人发生矛盾和打架，不管他有理没理，都要处罚儿子。造成儿子在外面受了委屈或受了别人欺负从不回家告诉我们，反而别的孩子喜欢到我们面前告儿子的状，因为，他们总能占到上风。也许是我们过分严厉的缘故，儿子有时做了错事或损坏东西不敢承认，费了好大的劲和很长的时间才矫正他撒谎的毛病。现在想来过分的严厉，给儿子在心理上造成了一些伤害，在一定程度上抑制了他活泼的天性。

　　这些失误只能成为遗憾。因为我们这一代人大都只能生一个孩子，失误和教训只能由别人去转换成经验。好在我们的这些失误，得到了儿子的理解和谅解。

　　在教育儿子方面谈不上有什么经验，但有几点体会比较深刻，归纳起来主要是学会做人、启发智力、注重身教。

　　首先是教育儿子学会做人，也就是注重品德教育。这是我们在教育儿子方面的一条主线。因为我们深深懂得，一个做不好人的人，是做不好事的。

　　记得儿子上小学时，有一天他的文具盒里多了一支漂亮的圆珠笔。问他是哪里来的，儿子说是在教室里捡到的。我们说，捡到的东西要交给老师，不能自己拿回家，并给他讲了"拾金不昧"的道理。尽管儿子非常喜欢这支笔，第二天还是愉快地交给了老师。

　　上小学时，儿子的成绩一直是班上前几名，有时会出现骄傲的情绪。一个临近期末的晚上，我们到班主任王老师家了解儿子的情况，王老师说儿子的学习成绩排在前几名，课堂纪律有时遵守不好，有时和同学说话。为了鼓励他扬长避短，几个老师决定评选他为"三好"学生。我们跟王老师商量，鉴于儿子不太遵守课堂纪律和有骄傲情绪的现象，请老师不要评他为"三好"学生，如评为"三好"学生，可能不利于他的进步。王老师觉得我们的言行有些不可思议，但还是接受了我们的意见。儿子满以为会评为"三好"学生，得意之情溢于言表。评选结果出来后，儿子大失所望，愤愤不平，撅着小嘴告诉我们："某某同学成绩还不如我都评上了三好学生，老师对我不公平。"我们说："三好学生不仅是成绩好，还有其他方面都好，别人其他方面比你好，你要认识自己的不足。"并且我们告诉他，原来老师是准备评选他的，是我们给老师做了工作，没有评选他。只要他改正了缺点，下个学期再争取当一个过硬的"三好"学生更有意义！一番话，使儿子消除了不满情绪。结果，在下个学期不仅当上了"三好"学生，而且如愿以偿到北京参加了蓝星总公司组织的夏令营。

儿子小时候和多数独生子女一样，自我意识较强，自己的东西不舍得给别人。家里亲戚的小孩来了玩他的玩具，吃他的零食，他有时会不高兴。我们经常教育他，一个人要有团结友爱的精神，只有爱别人，才能得到别人的爱，还给他讲"孔融让梨"的故事。慢慢儿子变得大方了，碰上吃水果的时候，儿子还常常仿效"孔融"挑小的拿。

其次是启发智力。从儿子会说话开始，我们就教他念儿歌，背唐诗，讲故事。儿子不到两岁就能流利地跟别人讲"撒谎的孩子"等故事。我们经常同他做"对动物"的游戏。首先定好游戏规则，不能重复，五秒钟接不上就算输，比如我说猪，他说鸡，我说狗，他说猫……如此进行。我们经常有意输给儿子，以增强他的自信。儿子稍大一些，就经常与他玩"接成语"的游戏，增强他学成语的兴趣。经过训练，有效地提高了儿子的反应能力。

另外，注意锻炼儿子的观察能力。如春天到了，出去春游，事先跟他布置要写游记，要求他注意观察山上的树、路边的草、天上的鸟、人们的穿着等与冬天有什么不同，在游玩过程中提示重点。经过长期训练，儿子的观察和写作能力不断提高。

我们还要求儿子养成写日记的习惯，有时功课一多，就容易忽视，我们就经常督促他，现在基本上养成了写日记的习惯。儿子现在在沈阳，我们还经常打电话问，日记写了没有？并要求他舅舅进行检查。

现在儿子长大了，启发智力，更多的是用讨论的方式。今年观看春节联欢晚会，我觉得赵本山、高秀敏、范伟表演的"卖拐"小品，寓意深刻，但较为费解。初一早上，与儿子讨论"卖拐"节目表达了什么思想？有什么现实教育意义。本意是考考他这个高中生的分析和理解能力。儿子引经据典，娓娓道来的"一二三四五"，还真让我刮目相看。特别是他联系当前的社会现象，说明了这个节目的现实教育意义，比较到位，使我这个自认为有一定理论功底的老爸准备的几张"牌"发不出去。

最后是注重身教。父母是孩子的第一位老师，父母的一言一行都会影响着孩子的成长。我们常说，身教重于言教，孩子不仅看父母是怎么说的，还要看父母是怎么做的。我们在教育儿子的过程中，始终表里如一、言行一致，为孩子做出榜样。

我和孩子妈妈始终远离麻将和舞场，即使在赌风和舞风盛行的环境和年代里，我们也不为所动。在学习方面，无论工作再忙，我都坚持学习，常常是晚上比他晚，早上比他早，以实际行动感染儿子。如果儿子不自觉，我就有资格说："儿子，你当学生的还不学习，我参加工作了的人还在学习呢。"儿子就没有理由不学习。另外，我们做到富有家庭责任感。在星火化工厂工作期间，孩子的外太公、外太婆一直同我们一起生活，老人们在生命的晚期受疾病困扰，瘫床多年，我们特别是孩子他妈任劳任怨，精心照顾，直到两位老人终老。到北京后，孩子他外公失去记忆，生活不能自理的外公和保姆从1997年至今基本上住在我们家里。尽管老人有多个子女，但只有在我们家里生活习惯。我们常常教育儿子，一个人要爱党、爱国、爱人民，但要从具体的事做起，首先，要爱自己的长辈。试想，一个连给予了自己生命，给予过自己抚育之恩的长辈都不爱的人，还能谈得上爱党、爱国、爱别人吗？儿子从我们孝敬长辈的言行中受到了潜移默化的教育，他不仅有感想，而且有行动。只要他寒暑假期回到家里就会主动给外公洗澡、按摩，陪外公散步，不嫌弃老人。对家庭和社会的责任感已在他的心灵打下了深深的烙印，这也许是我们长期付出收获的最大回报吧！

唯物辩证法告诉我们：外因是变化的条件，内因是变化的根据。每一个做父母的都有望子成龙的心愿，但最后的结果是由多种因素决定的。我想，在教育子女方面，我们不仅要关注结果，而且更应该重视过程。我们的儿子也许因为多种原因，不能考上

名牌大学，今后不一定能成为栋梁之材，但我们有理由相信，我们的教育会在他的成长中起重要的作用。已经形成的良好品德、培养锻炼的健全智力和走南闯北的生活阅历，会使他终身受益，会使他成为一个对国家有用，对家庭负责的人。

后 记

　　将中国传统文化由象牙宝塔引向十字街头是我一以贯之的追求，与朋友分享人生感悟剖析成败得失是我的一种习惯。我的新浪博客已用实名开设八年，发表博文1200多篇，发表微博3000多篇，应邀到北京大学、清华大学、中央党校、国家行政学院、中国纪检监察学院、国家会计学院、中石油、中国航天、中国兵器、国家电网等多家大学和企业演讲，为《化工管理》《现代企业文化》《中外企业文化》"搜狐财经""凤凰财经"多家媒体撰写专栏文章。我所有文章、演讲都在传播、弘扬中国传统文化，传递正能量。

　　大家都体验到，当今是一个转型社会，浮躁社会，违背自然规律，突破社会底线的行为屡见不鲜。当今社会，教育普及了，人们的文化水平提高了，然而智慧与教养并未相应提升；会讲外语，懂得网络的聪明人越来越多，而掌握社会和自然规律的人却越来越少；每年数以万计的官员违纪违规、违法犯罪、自毁前程，给社会、家庭带来巨大伤害。这些人只能算做聪明人，却算不上是有智慧的人。他们赢在了人生的起跑线，却输在了人生终点。

赢在人生终点是一个重大课题，值得每个人用一生时间思考作答。本书凝结了我几十年职场的观察与思考，虽不能称为至理名言，应可算作一碗心灵鸡汤，希望能对读者朋友尤其年轻朋友有所裨益，帮助大家提供开启人生智慧之门的钥匙和赢在人生终点的路径。

本书得以与读者朋友见面，非一人之力能为。首先，要感谢已经作古的外公陈廷福和外婆叶家菊，是他们在我幼小的心田里播下了中国传统文化的种子，才得以在今天开花结果；其次，要感谢我的父亲叶祥才和母亲陈献梅对我写作的鼓励。

还要感谢知识产权出版副总编辑李启章先生和周游编辑的指导和帮助。

还要特别感谢我的夫人徐金凤为我的业余写作创造条件，并为本书提供了不少案例。

由于本人水平所限，书中难免存在不足之处，敬请读者朋友包涵并给予指正。